KATRIN KÖHL / ULRIKE VOIGT (HG.)

Die schönsten
Kurzgeschichten
zu Weihnachten

KATRIN KÖHL / ULRIKE VOIGT (HG.)

Die schönsten Kurzgeschichten zu Weihnachten

Mit Minutenangaben

camino.

Mit der Erscheinung dieses Buches haben wir zusammen mit der Druckerei FINIDR einen neuen Baum gepflanzt.

3. Auflage 2024
Ein camino.-Buch aus der
© Verlag Katholisches Bibelwerk GmbH, Stuttgart, 2019

Die Nutzung der Inhalte dieses Werkes für Text- und Data-Mining im Sinne des § 44b UrhG ist ausdrücklich vorbehalten (§ 44b Abs. 3 UrhG) und daher verboten. Die Inhalte dieses Werkes dürfen auch nicht zur Entwicklung, zum Training und/oder zur Anreicherung von KI-Systemen, insbesondere von generativen KI-Systemen, verwendet werden.

Umschlaggestaltung: Finken & Bumiller, Stuttgart
Umschlagmotiv: © ekler/shutterstock.com
Innengestaltung: wunderlichundweigand, Schwäbisch Hall

Hersteller gemäß ProdSG:
Druck und Bindung: Finidr s.r.o., Lípová 1965,
737 01 Český Těšín, Czech Republic
Verlag: Verlag Katholisches Bibelwerk GmbH,
Silberburgstraße 121, 70176 Stuttgart

www.bibelwerkverlag.de
ISBN 978-3-96157-117-8

Inhalt

Weihnachtsüberraschung

Der kleine Weihnachtsbaum 10
AGNES SAPPER

Das Paket des lieben Gottes 15
BERTOLT BRECHT

C+M+B 21
BRIGITTA RAMBECK

Die Schneeschnitzeljagd 30
TANJA DÜCKERS

Der Anruf 33
KARIN MASUR

Weihnacht der Kinder

Christkind verkehrt 40
HANS FALLADA

Gibt es einen Weihnachtsmann? 43
AUS DER NEW YORK SUN, 21. SEPTEMBER 1897

7 Minuten Die Grulicher Weihnachtskrippe 46
OTFRIED PREUSSLER

 10 Minuten Mein unsichtbares Weihnachten 52
VIVECA LÄRN-SUNDVALL

 16 Minuten Der Weihnachtsgast 60
JOHN GORDON

 5 Minuten Ein frühreifes Kind 73
MAEVE BINCHY

Besinnliches und Hintersinniges

 3 Minuten Der Weihnachtsengel 78
WALTER BENJAMIN

 4 Minuten Was war das für ein Fest? 81
MARIE LUISE KASCHNITZ

 4 Minuten Worüber das Christkind lächeln musste 84
KARL HEINRICH WAGGERL

 6 Minuten Die Versuchung 87
R. SPRUNG

 3 Minuten Märchen vom Auszug aller Ausländer 91
HELMUT WÖLLENSTEIN

Monolog eines Kellners 94
HEINRICH BÖLL

Wunder der Weihnacht

 Das gestohlene Christkind 100
GERHARD KARRER

 Weihnachtsabend 108
SELMA LAGERLÖF

 Das Niklasschiff 114
PAUL KELLER

 Das Triptychon von den Heiligen Drei Königen 126
FELIX TIMMERMANS

 Versöhnung ist möglich 134
FRITZ VINCKEN (BEARBEITET VON MANFRED LANG)

Weihnachten, das Fest der Liebe

 Der Christabend – Eine Familiengeschichte 142
LUDWIG THOMA

 Fest der Liebe 148
GERHARD KARRER

Das Geschenk der Weisen 151
O. Henry

 Der gestohlene Weihnachtsbaum 160
Jürgen Banscherus

 Weihnachten mit Hindernissen 165
Verfasser unbekannt

 Das Weihnachtsgeschenk 170
Father Joe

Die Weihnachtsgeschichte nach Lukas 172
Lukas 2,1–21 (Einheitsübersetzung 2016)

Copyrighthinweise 175

Weihnachts-
überraschung

Der kleine Weihnachtsbaum

AGNES SAPPER

Es war der 21. Dezember, der kürzeste Tag des Jahres, zugleich der Thomastag, ein Feiertag für die Schuljugend. Überall wurden Weihnachtseinkäufe gemacht. Auf dem Christbaummarkt, inmitten großer und kleiner Tannen, stand der kleine Frieder Pfäffling, der für seinen Vater etwas in der Musikalienhandlung besorgt hatte. Vom Anblick eines Bäumchens, nicht größer als er selbst, saftig grün und buschig, konnte er sich nicht trennen.

»Du, dich meine ich, hörst du denn gar nichts; so wirst du nicht viel verdienen!« sagte plötzlich eine raue Stimme. »Pack an, Kleiner, du sollst der Dame den Baum heimtragen.« Und schon fühlte Frieder die Last auf seinen Schultern.

»Ist der Junge nicht zu klein, um den Baum so weit zu tragen?« fragte die Käuferin, eine Dame mit Pelz und Schleier.

»O bewahre«, meinte die Händlerin, »der hat schon ganz andere geschleppt. Sagen Sie ihm nur die genaue Adresse!«

»Luisenstraße 43 zu Frau Dr. Heller«, sagte die Dame. »Sieh, auf diesem Papier ist es auch aufgeschrieben.« Frieder, den Baum mit der einen Hand haltend, den Zettel in der anderen, trabte der Luisenstraße zu. Er hatte so eine dunkle Ahnung, dass er mehr aus Missverständnis zu diesem Auftrag gekommen war, wusste es aber nicht gewiss. Eigentlich war er stolz, dass man ihm einen Christbaum anvertraut hatte.

Wie die Zweige so komisch am Hals kitzelten, wie harzig die Hand wurde! Allmählich drückte der Baum auch unbarmherzig auf die Schulter, man musste ihn oft von der einen auf die andere legen. Bei solch einem Wechsel entglitt Frieder das Papierchen mit der Adresse, ohne dass die steife, von der Kälte erstarrte Hand es empfunden hätte.

Endlich war die Luisenstraße glücklich erreicht. Freilich die Adresse war abhanden gekommen; aber Frieder hatte sich das Wichtigste gemerkt, Nr. 42 oder 43, im zweiten Stock bei einer Frau Doktor. In der 42a wollte niemand etwas von dem Baum wissen; aber in 42b wusste das Dienstmädchen ganz gewiss, dass der Baum nach Nr. 47 gehörte.

Dort erfuhr Frieder, dass in der Luisenstraße nur ein Doktor wohne, Doktor Weber in Nr. 24, dort müsse er hin. Er hätte nun lieber in Nr. 43 angefragt, aber er traute immer allen Leuten mehr zu als sich selbst, so ging er an Nr. 43 vorbei bis an Nr. 24 und hörte dort vom Dienstmädchen der Frau Dr. Weber, sie hätten längst einen Baum. Jetzt tropften Frieder die dicken Tränen herunter, und als er wieder auf der Straße stand, wurde ihm auf einmal ganz klar, wo er jetzt hinwollte – heim zur Mutter.

Endlich stand er vor der Tür, den Christbaum auf der Schulter, und hörte, wie Mutter freundlich sagte: »Stell ihn nur ab, du glühst ja.« Da wurde ihm leicht ums Herz. Sie meinten alle, der Baum gehöre ihm. »Nein, nein«, sagte er, »ich muss ihn einer Frau bringen, ich weiß nur nimmer, wie sie heißt und wo sie wohnt.« Da lachten sie ihn aus und wollten alles genau hören.

Beim Mittagessen wurde beraten, wie man den Christbaum zu seiner rechtmäßigen Besitzerin bringen könne. »Einer von euch drei Großen muss mit Frieder gehen, ihm tragen helfen«, sagte Frau Pfäffling.

»Aber wir Lateinschüler können doch nicht in der Luisenstraße von Haus zu Haus laufen wie arme Buben, die Christbäume austragen«, entgegnete Karl.

»Wenn mir da zum Beispiel Rudolf Meier begegnete«, sagte Otto, »vor dem würde ich mich schämen.«

»Kinder«, sagte Herr Pfäffling, »fangt das gar nicht an. Mit solch kleinlichen Bedenken kommt man schwer durchs Leben, fühlt sich immer gebunden und hängt schließlich von jedem Rudolf Meier ab.«

Mit Hilfe des Adressbuchs und Frieders Erinnerung war bald festgestellt, dass der Baum in die Luisenstraße Nr. 43 zu Frau Dr. Heller gehörte, und Mutter bestimmte Otto zu Frieders Begleitung, denn »deinem alten Mantel schadet es am wenigsten, wenn der Baum wetzt.«

Das duldete keinen Widerspruch, und sie näherten sich beide der Luisenstraße, als Otto plötzlich seinem Frieder den Baum auf die Schulter legte und sagte: »Da kommen ein paar aus meiner Klasse, die lachen mich aus, wenn sie meinen, ich müsse den Dienstmann machen. Das letzte Stück kannst du doch den Baum selbst tragen?«

»Gut, kann ich«, sagte Frieder und ging allein seines Weges. Wie einfach war das nun. Am Glockenzug von Nr. 43 stand angeschrieben: »Dr. Heller«. Diesmal war Frieder an der rechten Tür.

Otto, der nicht früher als Frieder nach Hause kommen wollte, wartete in der Frühlingsstraße eine Weile vergeblich auf diesen und vermutete, dass er längst daheim war. Aber das war nicht so, denn Otto wurde von allen Seiten gefragt, wie es mit dem Baum gegangen sei. Nun musste er bekennen, dass er diesen nur bis in die Nähe des Hauses Nr. 43 getragen hatte und dann mit einigen Freunden umgekehrt war. Jetzt hörte man jemanden vor der Tür. Sie machten auf. Da stand Frieder, der kleine Unglücksmensch ... und hatte wieder seinen Christbaum im Arm.

Um seinen Mund zuckte es, er würgte an den Tränen und presste hervor:

»Neunmal geklingelt, niemand zu Haus.« Sie waren alle voll Mitleid, konnten aber nicht verstehen, warum er nicht bei anderen Hausbewohnern angefragt hätte. Daran hat er nicht gedacht. »Deshalb schickt man einen größeren Bruder mit«, sagte Frau Pfäffling, »aber wenn der so treulos und vorher umkehrt, dann ist der Kleine schlecht beraten.«

Jetzt fasste der Älteste, Wilhelm, den Baum, der freilich schon ein wenig von seiner Schönheit eingebüßt hatte, und versprach, die Sache endgültig in Ordnung zu bringen. In der Luisenstraße 43 wurde ihm aufs erste Klingeln aufgemacht, und Wilhelm erzählte von den Wanderungen, die der Baum mit verschiedenen jungen Pfäfflingen gemacht hatte.

»Der Kleine dauert mich«, sagte Frau Dr. Heller. »Das zweite Mal, als er kam, war ich wohl wieder auf dem Markt, um einen anderen Baum zu holen. Was mache ich nun mit diesem? Habt ihr wohl schon einen zu Haus?«

»Wir haben noch keinen«, sagte Wilhelm.

»Also, das ist ja schön, dann nimm ihn nur wieder mit, und deinem kleinen Bruder, der soviel Not gehabt hat, möchte ich noch einen Lebkuchen schenken, den bringst du ihm, nicht wahr?«

Der kurze Dezembernachmittag war schon zu Ende und die Lichter angezündet, als Wilhelm heimkam. Die Schwestern öffneten, als er klingelte, und riefen entsetzt: »Der Baum kommt wieder!«

»Unmöglich«, rief die Mutter. »Gelt«, rief Frieder, »es wird nicht aufgemacht, wenn man noch so oft klingelt.«

Aber Wilhelm lachte, zog vergnügt den Lebkuchen aus der Tasche und gab ihn Frieder: »Der ist für dich von deiner Frau Heller, und der Baum, Mutter, der gehört uns, ganz umsonst!«

Das Paket des lieben Gottes

BERTOLT BRECHT

Nehmt eure Stühle und eure Teegläser mit hier hinten an den Ofen und vergesst den Rum nicht. Es ist gut, es warm zu haben, wenn man von der Kälte erzählt.

Manche Leute, vor allem eine gewisse Sorte Männer, die etwas gegen Sentimentalität hat, haben eine starke Aversion gegen Weihnachten. Aber zumindest ein Weihnachten in meinem Leben ist bei mir wirklich in bester Erinnerung. Das war der Weihnachtsabend 1908 in Chicago.

Ich war anfangs November nach Chicago gekommen, und man sagte mir sofort, als ich mich nach der allgemeinen Lage erkundigte, es würde der härteste Winter werden, den diese ohnehin genügend unangenehme Stadt zustande bringen könnte. Als ich fragte, wie es mit den Chancen für einen Kesselschmied stünde, sagte man mir, Kesselschmiede hätten keine Chance, und als ich eine halbwegs mögliche Schlafstelle suchte, war alles zu teuer für mich. Und das erfuhren in diesem Winter 1908 viele in Chicago, aus allen Berufen.

Und der Wind wehte scheußlich vom Michigan-See herüber durch den ganzen Dezember, und gegen Ende des Monats schlossen auch noch eine Reihe großer Fleischpackereien ihren Betrieb und warfen eine ganze Flut von Arbeitslosen auf die kalten Straßen. Wir trabten die ganzen Tage durch sämtliche Stadtviertel und suchten verzweifelt nach etwas Arbeit und waren froh, wenn wir am Abend in einem winzigen, mit erschöpften Leuten angefüllten Lokale im Schlachthofviertel unterkommen konnten. Dort hatten wir es wenigstens warm und konnten ruhig sitzen. Und wir saßen, so lange es irgend ging, mit einem Glas Whisky, und wir sparten alles den Tag über auf dieses eine Glas Whisky, in das noch Wärme, Lärm und Kameraden mit einbegriffen waren, all das, was es an Hoffnung für uns noch gab.

Dort saßen wir auch am Weihnachtsabend dieses Jahres, und das Lokal war noch überfüllter als gewöhnlich und der Whisky noch wässeriger und das Publikum noch verzweifelter. Es ist einleuchtend, dass weder das Publikum noch der Wirt in Feststimmung geraten, wenn das ganze Problem der Gäste darin besteht, mit einem Glas eine ganze Nacht auszureichen, und das ganze Problem des Wirtes, diejenigen hinauszubringen, die leere Gläser vor sich stehen hatten.

Aber gegen zehn Uhr kamen zwei, drei Burschen herein, die, der Teufel mochte wissen woher, ein paar Dollars in der Tasche hatten, und die luden, weil es doch eben Weihnachten war und Sentimentalität in der Luft lag, das ganze Publikum ein, ein paar Extragläser zu leeren. Fünf Minuten darauf war das ganze Lokal nicht wiederzuerkennen.

Alle holten sich frischen Whisky (und passten nun ungeheuer genau darauf auf, dass ganz korrekt eingeschenkt wurde), die Tische wurden zusammengerückt, und ein verfroren aussehendes Mädchen wurde gebeten, einen Cakewalk zu tanzen, wobei sämtliche Festteilnehmer mit den Händen den Takt klatschten. Aber was soll ich sagen, der Teufel mochte seine schwarze Hand im Spiel haben, es kam keine rechte Stimmung auf.

Ja, geradezu von Anfang an nahm die Veranstaltung einen direkt bösartigen Charakter an. Ich denke, es war der Zwang, sich beschenken lassen zu müssen, der alle so aufreizte. Die Spender dieser Weihnachtsstimmung wurden nicht mit freundlichen Augen betrachtet. Schon nach den ersten Gläsern des gestifteten Whiskys wurde der Plan gefasst, eine regelrechte Weihnachtsbescherung, sozusagen ein Unternehmen größeren Stils, vorzunehmen.

Da ein Überfluss an Geschenkartikeln nicht vorhanden war, wollte man sich weniger an direkt wertvolle und mehr an solche Geschenke halten, die für die zu Beschenkenden passend waren und vielleicht sogar einen tieferen Sinn ergaben.

So schenkten wir dem Wirt einen Kübel mit schmutzigem Schneewasser von draußen, wo es davon gerade genug gab, damit er mit seinem alten Whisky noch ins neue Jahr hinein ausreiche. Dem Kellner schenkten wir eine alte, erbrochene Konservenbüchse, damit er wenigstens ein anständiges Servicestück hätte, und einem zum Lokal gehörigen Mädchen ein schartiges Taschenmesser, damit es wenigstens die Schicht Puder vom vergangenen Jahr abkratzen könnte.

Alle diese Geschenke wurden von den Anwesenden, vielleicht nur die Beschenkten ausgenommen, mit herausforderndem Beifall bedacht. Und dann kam der Hauptspaß.

Es war nämlich unter uns ein Mann, der musste einen schwachen Punkt haben. Er saß jeden Abend da, und Leute, die sich auf dergleichen verstanden, glaubten mit Sicherheit behaupten zu können, dass er, so gleichgültig er sich auch geben mochte, eine gewisse, unüberwindliche Scheu vor allem, was mit der Polizei zusammenhing, haben musste. Aber jeder Mensch konnte sehen, dass er in keiner guten Haut steckte.

Für diesen Mann dachten wir uns etwas ganz Besonderes aus. Aus einem alten Adressbuch rissen wir mit Erlaubnis des Wirtes drei Seiten aus, auf denen lauter Polizeiwachen standen, schlugen sie sorgfältig in eine Zeitung und überreichten das Paket unserm Mann.

Es trat eine große Stille ein, als wir es überreichten. Der Mann nahm zögernd das Paket in die Hand und sah uns mit einem etwas kalkigen Lächeln von unten herauf an. Ich merkte, wie er mit den Fingern das Paket anfühlte, um schon vor dem Öffnen festzustellen, was darin sein könnte. Aber dann machte er es rasch auf.

Und nun geschah etwas sehr merkwürdiges. Der Mann nestelte eben an der Schnur, mit der das »Geschenk« verschnürt war, als sein Blick, scheinbar abwesend, auf das Zeitungsblatt fiel, in das die interessanten Adressbuchblätter geschlagen waren. Aber da war sein Blick schon nicht mehr abwesend. Sein ganzer dünner Körper (er war sehr lang) krümmte sich sozusagen um das Zeitungsblatt zusammen, er bückte sein Gesicht tief darauf herunter und las. Niemals, weder vor- noch nachher, habe ich je einen Menschen so lesen sehen. Er verschlang das, was er las, einfach. Und dann schaute er auf. Und wieder hatte ich niemals, weder vor- noch nachher, einen Mann so strahlend schauen sehen wie diesen Mann.

»Da lese ich eben in der Zeitung«, sagte er mit einer verrosteten, mühsam ruhigen Stimme, die in lächerlichem Gegensatz zu seinem strahlenden Gesicht stand, »dass die ganze Sache einfach schon lang aufgeklärt ist. Jedermann in Ohio weiß, dass ich mit der ganzen Sache nicht das Geringste zu tun hatte.« Und dann lachte er.

Und wir alle, die erstaunt dabei standen und etwas ganz anderes erwartet hatten und fast nur begriffen, dass der Mann unter irgendeiner Beschuldigung gestanden und inzwischen, wie er eben aus dem Zeitungsblatt erfahren hatte, rehabilitiert worden war, fingen plötzlich an, aus vollem Halse und fast aus dem Herzen mitzulachen, und dadurch kam ein großer Schwung in unsere Veranstaltung, die gewisse Bitterkeit war überhaupt vergessen, und es wurde ein ausgezeichnetes Weihnachten, das bis zum Morgen dauerte und alle befriedigte.

Und bei dieser allgemeinen Befriedigung spielte es natürlich gar keine Rolle mehr, dass dieses Zeitungsblatt nicht wir ausgesucht hatten, sondern Gott.

C+M+B
Sternsinger im bayerischen Alpenvorland

Brigitta Rambeck

Es war ein recht kläglicher Mohrenkönig, der da bei der Kathi im Pfarrheim ankam, als sie wie jedes Jahr die Sternsinger zu ihrer Runde durch die Dörfer aussenden sollte. Schwarz war er, der Mohr, sehr schwarz und eigentlich wunderschön mit seinem weißseidenen Turban über der Schwärze – und ganz obenauf strahlte ein silberner Halbmond. Auch die blitzblauen Augen, die aus dem Dunkel herausleuchteten, machten sich prächtig, aber dass daraus plötzlich zwei Bäche hervortraten, die rasch auf beiden Wangen schlierige Schneisen in das samtene Schwarz der Schminke zogen und heftig schmutzend auf das goldene Cape abtropften, das beeinträchtigte die königliche Erscheinung doch erheblich.

Er kam auch ein wenig verspätet, seine Sternsinger-Kollegen waren bereits versammelt bei der jungen Pfarrhelferin und wurden von ihr gerade mit Weisung und Instrumentarium versehen. Auch die zwei Blasengel waren schon da, die heuer mitgehen sollten, um den Gesang der Könige auf ihren Blockflöten zu begleiten. Das waren die Ministrantinnen Gerti und Sandra – der Ministrantenmangel hatte inzwischen sogar im

Alpenvorland die Geschlechtergrenzen aufgeweicht. Dass die Mädchen jetzt allerdings auch gern noch die Heiligen Könige gespielt hätten – das ging zu weit. Darum die Engel.

Die Sammelbüchse für wohltätige Spenden hatte die Kathi schon dem Melchior, alias Tischler Hias, anvertraut; der machte heuer zum dritten Mal mit und kannte sich aus. Sie war gerade dabei, dem Mohrenkönig die Weihrauchampel auszuhändigen, als der Martin zur Tür hereinkam. Ein zweiter Mohr – das war nicht vorgesehen!

»Herrschaftszeiten, wie gibt's denn das? Wir haben doch schon einen Kaspar«, stöhnte die Kathi und schaute genervt auf die Uhr – da flossen auch schon die Mohrentränen. Denn dass jetzt auch noch die Kathi auf ihm herumhackte, das konnte der Martin nicht mehr verkraften. Ihm reichte der unerwartete Zusammenstoß mit dem Pfarrer. Zusammengestaucht hatte ihn der mitten im Dorf, dass ihm Hören und Sehen verging und der Mesner vor Schreck die Straßenseite wechselte.

Ja, da höre sich doch alles auf, schimpfte der Pfarrer Meindl – und er wurde dabei rot im Gesicht und ungewöhnlich laut. Was sich der Martin denn dabei denke – als Ministrant und Katholik und noch dazu in der Weihnachtszeit? Warum er sich selbst gar so wichtig nehme statt auch einmal an andere zu denken, grad jetzt in der Heiligen Jahreszeit? Man habe doch gestern ausführlich darüber geredet, sei sich auch einig gewesen zuletzt. Und jetzt komme er daher, als habe man keine Abmachung getroffen, schwarz wie die Nacht, und spiele den Kaspar, was ihm gar nicht zustünde. Das solle er sich abschminken – im wahrsten Sinne des Wortes, und zwar sofort. Seit 15 Jahren hatten die vier Huber-Buben nacheinander bei den Sternsingern mitgemacht und immer den schwarzen Kaspar gestellt, schon weil sie das pfundige Kostüm hatten. Heuer war endlich der Martin an der Reihe. Und da kommt doch der Pfarrer auf die Idee, also wirklich im letzten Augenblick, den Mohren neu zu besetzen. Der Einfall war ihm gekommen, als er den Weihnachtsbericht für den anstehenden Pfarrgemeindebrief formulierte. Heuer gab es ja wirklich etwas zu erzählen. Eine Geschichte hatte sich in der Gemeinde ereignet, als habe das Christkind persönlich die Hand im Spiel gehabt. Auch die lokale Presse hatte darüber berichtet. Überschrift: »Ein Weihnachtsmärchen – live«.

Vor rund zwei Jahrzehnten hatte die Gemeinde die Patenschaft für ein afrikanisches Dorf übernommen. Seitdem gab es Spendenaktionen zugunsten der bedürftigen Partner. Als besonders ergiebig erwies sich das alljährliche deutsch-afrikanische Sommerfest mit Bierzelt, Musik und Tombola auf der Pfarrwiese. Über die Jahre hinweg waren persönliche Kontakte geknüpft worden, man hatte in wechselnden Grüppchen die afrikanischen Freunde besucht, sie auch nach Bayern eingeladen – am zahlreichsten zur Zeit des Sommerfests. Die Gäste revanchierten sich mit Musik- und Tanzdarbietungen und einem Stand mit exotischen Speisen, die dem bayerischen Haxn- und Schweinswürstlangebot regelmäßig den Rang abliefen.

Natürlich war das nicht das Wesentliche dieser Patenschaft, aber doch das allgemein Sichtbare. Weniger spektakulär, aber ungleich wichtiger waren die Erfolge, die man in der medizinischen und missionarischen Betreuung des Partnerdorfs vor Ort erzielt hatte. Mithilfe von Spenden hatte man sogar einem jungen Afrikaner das Priesterstudium in Deutschland ermöglicht – die Primiz wurde in der dörflichen Pfarrkirche gefeiert. Derzeit war er in seiner Heimat tätig und spielte auch eine wichtige Rolle als Botschafter zwischen den beiden Gemeinden.

Es hatte sich eingebürgert, in den Sommermonaten bedürftige, oft unterernährte Kinder und Jugendliche nach Bayern einzuladen und im Pfarrheim oder in Gastfamilien ein wenig aufzupäppeln. Unter diesen Kindern war vor einigen Jahren auch der kleine Noe gewesen. Sechs Jahre alt war er damals. Ein zartes Kind, körperlich stark verwahrlost, aber zutraulich und überdurchschnittlich sprachbegabt. Nach wenigen Wochen konnte er sich mit den Leuten im Dorf verständigen. Niemand, der ihn nicht leiden konnte. Man hatte ihn bei Franz und Ida Maiser untergebracht, einem noch jüngeren, kinderlosen Ehepaar. Als die Zeit der Heimreise herankam, gab es Tränen. Nicht nur auf Seiten des Kindes. Auch Maisers waren untröstlich. Sie bemühten sich um eine Verlängerung. Das Kind sei doch noch sehr erholungsbedürftig. Der Pfarrer erkundigte sich nach den Eltern. Man erfuhr, dass Noe seit einem Jahr Halbwaise war. Neun Kinder waren es, als die Mutter starb.

Noes Aufenthalt in Bayern wurde verlängert. Sein Deutsch war bald kaum mehr von dem seiner dörflichen Altersgenossen zu unterscheiden. Er wurde eingeschult. Proteste aus der afrikanischen Heimat gab es nicht. Nach einem Jahr erkundigte man sich, ob man das Kind adoptieren dürfe. Die Verhandlungen zogen sich hin. Noe war inzwischen in der dritten Klasse, sprach astreines Bayerisch und Hochdeutsch und sagte Mama und Papa zu Franz und Ida Maiser. Zu seinem 9. Geburtstag bekam er auch den Hund, den er sich schon so lange wünschte. Man glaubte, es wagen zu können. Die Ausstellung der Urkunde stand bevor. Kurz darauf kam der Bescheid: Adoption abgelehnt. Die afrikanischen Großeltern wollten das Kind zurückhaben.

Sie mussten Noe heimschicken – »ausliefern«, nannte man das im Dorf. Die ganze Klasse weinte. Hatte bislang vielleicht noch mancher den Kopf über das artfremde Küken im bayerischen Nest geschüttelt, so stand man jetzt geschlossen trauernd hinter den Maisers. Selten hatte man ein Elternpaar so leiden sehen. Von Noe selbst ganz zu schweigen. Nicht einmal den Hund durfte er in sein Heimatland mitnehmen.

Zwei Jahre gingen ins Land. Man gab die Verhandlungen nicht auf, aber die Hoffnung war gering. Die Briefe, die an Noe gingen, kamen ungeöffnet zurück. Zweimal fuhren Maisers nach Afrika, um ihn zu besuchen. Man versteckte ihn vor ihnen.

Und dann, im letzten November, die Nachricht: Noe sei schwer erkrankt. Der junge Priester besuchte ihn im örtlichen Krankenhaus, richtete Grüße nach Bayern aus, vor allem an Franz und Ida Maiser. Als sich der Zustand des Kindes verschlechterte, bat er den Hiensdorfer Pfarrer um eine Spende, um Noe in ein besser ausgerüstetes Krankenhaus in der Hauptstadt verlegen lassen zu können.

Maisers verständigte man jetzt nicht mehr. Man wollte ihnen unnötigen Kummer ersparen. Noch zwei Wochen vor Weihnachten waren die Berichte aus dem Krankenhaus entmutigend. Noe schrammte nur knapp am Tod vorbei.

Dann ging alles sehr schnell. Durch den Einsatz des jungen Pfarrers traten die Verhandlungen in eine neue Phase. Man konnte sich jetzt darauf einigen, dass ein lebendes Kind in der Ferne besser sei als ein totes im eigenen Land. Die Familie erklärte sich bereit, Noe zur endgültigen Genesung nach Deutschland zu schicken. Auch einer Unterschrift zur Adoption stand nichts mehr im Weg, vorausgesetzt die deutsche Familie hatte ihren Entschluss nicht geändert.

Schon Tage vor dem Heiligen Abend herrschte Unruhe im Pfarrhaus. Selbst Pfarrer Meindl war ungewohnt nervös. Am Morgen des 24. Dezembers verließ Kathi mit dem Auto des Pfarrers das Dorf. Man wunderte sich.

Gegen acht Uhr abends klopfte es bei Maisers an der Haustür. Draußen standen der Pfarrer und seine Pfarrhelferin – und neben ihnen das leibhaftige Christkindl: Noe. Groß war er geworden, und schmal war er jetzt wieder, aber sein Bayerisch hatte noch keinerlei Einbußen erlitten.

Die ganze Gemeinde freute sich, auch der Martin natürlich, und alle hatten inzwischen den Maisers, den *drei* Maisers, die Hand geschüttelt und gratuliert.
Trotzdem: war es wirklich notwendig gewesen, den Noe gleich mitgehen zu lassen zum Sternsingen als einen »leibhaftigen König aus dem Morgenland«? Martin fand das unnötig, geschmacklos direkt.
Aber der Pfarrer konnte sich nicht mehr bremsen, so großartig fand er seine Idee. Sammelten doch die Sternsinger Spenden für die Kinder der Dritten Welt! Wie schön ließ sich darüber im Gemeindebrief berichten! Auch Pfarrer sind Menschen.
Zunächst gab es noch keinen nennenswerten Widerstand. Der Schwenninger Fredi, der heuer zum dritten Mal der Balthasar sein sollte, schied sofort freiwillig aus, gar nicht ungern sogar, er war sowieso nicht scharf auf kalte Füße und einen rauen Hals. Blieb nur noch, den Martin vom Kaspar auf den Balthasar umzupolen. Das war nun allerdings längst nicht so einfach, wie sich der Pfarrer Meindl das vorgestellt hatte. Wo doch die Huber-Buben seit 15 Jahren auf den schwarzen Kaspar abonniert waren. Es kostete den geistlichen Herrn einige Überredungskraft.
Wutgebeutelt lief der Martin schließlich nach Hause. Nur seinem Bruder Bertl hat er davon erzählt, und der hat ihn dann rasch wieder getröstet: die seien doch allesamt schwarz gewesen, hat er gemeint, diese drei Weisen aus dem »Mohrenlande«.

In aller Herrgottsfrüh ließ sich der Martin von der Mutter ausstaffieren. Sie hatte schon alles hergerichtet: Umhang, Turban, Sternenstab und die schwarze »Stiefelwichs«. »Du bist sicher der Allerschönste«, sagte sie beim Abschied und gab ihm noch das Schminktöpferl mit – »zum Ausbessern, wenn's grad notwendig wird«.

Fröhlich war der Martin aufgebrochen in Richtung Pfarrheim. Und dann musste ihm doch der Pfarrer akkurat jetzt über den Weg laufen und ihn mit seinem schwarzen Gesicht in flagranti erwischen!

Als ihm dann auch noch die Kathi so unfreundlich kam, war das Maß voll. »Ich geh heim!«, stieß er heraus und ging entschlossen auf die Tür zu. »Halt«, sagte die Kathi, »da wird nix draus. Wir brauchen drei Könige und keine zwei. Das ist ja Fahnenflucht. Und wennst jetzt net glei zum Flennen aufhörst, werd i grantig.« Martin schluckte. »Jetzt gehst naus in den Waschraum und putzt dir die Nase und den Mantel ab! Und dann restaurierst du noch ein bissl dein Schwarz im G'sicht, damitst net so räudig ausschaust.« So die Kathi. »Muss ich's denn nicht abwaschen?«, fragte er. Es wär ihm jetzt schon wurscht gewesen. »Nein«, meinte sie, »dazu haben wir keine Zeit mehr. Es pressiert.«

Martin verschwand im Clo. Als er zurückkam, hörte er die Kathi kichern. Sie war mit Noe beschäftigt, der ihm gerade den Rücken zukehrte. Wie er sich zu ihm umdrehte, verschluckte sich der Martin vor Überraschung. Schlohweiß war der Noe jetzt im Gesicht, fast zum Fürchten weiß. Die Kathi hatte eine halbe Dose Penatencreme an ihn verschwendet. Jetzt grinste er. Das rote Zahnfleisch und die schwarzen Augen glänzten. Die Engel glucksten vor Lachen.

Jetzt übergab die Kathi dem neu ernannten Balthasar die Schachtel mit den Kreiden und einen Schwamm. Es mussten ja die alten Inschriften von den Stubentüren gewischt und das C+M+B mit dem neuen Datum, 2001, wieder hingeschrieben werden. Diese Aufgabe bekam Noe übertragen, weil jetzt der Martin der Kaspar war und die Weihrauchampel bekam, um die bösen Geister aus den Häusern zu räuchern.

So zogen sie mit ihren Sternenstäben durch die Dörfer der Gemeinde, von Haus zu Haus, der schwarze, der braune und der weiße König, und wie jedes Jahr erschreckten sich ein paar kleinere Kinder vor ihnen – diesmal allerdings nicht so sehr vor dem ganz schwarzen als vor dem ganz weißen König. Ein weißer Schwarzer ist halt fast noch ungewohnter als ein schwarzer Weißer.

Die Schneeschnitzeljagd

Tanja Dückers

4 Minuten

Als ich am 24. Dezember aus der Haustür trat, entdeckte ich auf einer Bordsteinkante ein Lachemännchen – in den frischen Schnee gezeichnet. Ich dachte, das ist ja schön, dass jemand mal etwas Freundliches malt, nicht immer nur: Fuck Ya, Verpiss dich. Kaum war ich fünf Meter weitergekommen, fand ich den nächsten Smiley auf einer verschneiten Kühlerhaube. Noch dachte ich mir bei dieser Koinzidenz nicht viel, stapfte weiter, Streu und Sand knirschte unter meinen Sohlen, seit gestern waren die Straßen spiegelglatt. Schon von weitem sah ich das große Lachemännchen an dem Stromkasten, auf dem ich manchmal saß und der Dämmerung zuschaute, dann folgte einer an einem Flaschencontainer, einem Bauwagen, auf einer zugeschneiten ausrangierten Couch, der Radkappe eines LKWs und einer am Straßenrand liegenden, zerfledderten Zeitung. Längst war ich an der Bäckerei vorbeigelaufen, in der ich einen Kaffee trinken wollte – ich hatte alle Zeit der Welt zum Kaffeetrinken, denn ich hatte gerade meine Arbeit verloren. Um meinen spätvormittäglichen Kaffee konnte mich eigentlich nichts und niemand bringen, aber jetzt suchte ich die Straßen süchtig nach weiteren Smileys ab. Manchmal stapfte

ich eine Weile ziellos umher, manchmal musste ich ein Stück zurücklaufen, um ein verstecktes Lächeln, ein schadenfrohes Grinsen auf der Rückseite eines Briefkastens oder an einer Regenrinne zu finden, aber ich arbeitete mich doch voran. Langsam merkte ich, dass der Weg, den mir ein Fremder hier diktierte, mich in eine recht ungemütliche Gegend führte. Zu meiner Linken erstreckte sich der düstere Bau einer leerstehenden Fabrik mit eingeschlagenen Scheiben, zu meiner Rechten ein Stück Wald und eine Mülldeponie. Plötzlich fragte ich mich, warum ich eigentlich seit zwei Stunden so beharrlich diesen albernen Smileys folgte, worauf wartete ich?
Irgendwann würden sich die Zeichen verlieren oder ich würde sie einfach nicht mehr finden, denn es wurde langsam Mittag, und die Sonne – eine matte, bleiche Wintersonne – begann, den Schnee überall in matschige Pampe zu verwandeln. Wollte ich der Spur weiter folgen, musste ich mich beeilen. Ein Smiley prangte auf einer der wenigen intakten Fensterscheiben der Fabrik, ein anderer auf einem Baumstumpf am Waldrand. Dann ging es weiter ins Unterholz. Mir wurde ziemlich mulmig zumute. Wer weiß, was für ein seltsamer Typ sich das alles ausgedacht hatte? Mir kamen schauerliche Gedanken: Vielleicht, schoss mir durch den Kopf, wollte ein Selbstmörder eine Fährte legen zu dem Baum, an dem man ihn nur noch als Leiche finden würde?
Plötzlich stand ich vor einer Art Hundehütte. Auf ihrem moosbewachsenen Wellblechdach war in den schon fast gänzlich

geschmolzenen Schnee ein sehr großer Smiley gemalt. Der größte Smiley, den ich bisher gefunden hatte. Mit abstehenden Ohren und einem zugekniffenen Auge. Ich starrte auf die Zeichnung, lief einmal um die Hütte. Das kleine ovale Türchen stand halb angelehnt. Mit zitternden Knien trat ich näher. Ich roch schon die modrige Luft, dann zählte ich bis zehn und schob meinen Kopf hinein:

Ich sah einen Kreis aus brennenden Kerzen, in ihrer Mitte lagen mehrere eingewickelte Päckchen. Es fehlte nur noch der Christbaum. Ich steckte meinen Kopf tiefer hinein, im gleichen Augenblick überfiel mich die Furcht, dass jemand mich beobachten und gleich in der Hütte einsperren könnte ... Ich zählte noch einmal bis zehn, dann bückte ich mich über die Kerzen und las den Brief neben den Päckchen:

»Wer auch immer den Weg bis hierher gefunden hat: Ein Belohnungsgeschenk wartet auf ihn. Gehwohl-Salbe für müde Füße, eine Flasche spanischer Wein, geklaut aus dem Keller meiner Eltern, ein großer Baumkuchen, eine Sammlung Postkarten aus aller Welt, ein Feldstecher (linke Seite kaputt) und eine Kassette von meiner Band ›Sweet Surprise‹. Viel Spaß wünscht Unbekannt an Unbekannt.« Ganz unten stand, an den äußersten Rand gepresst, in kleiner Schrift: Einer der vielen arbeitslosen Spaziergänger in Berlin.

Der Anruf

KARIN MASUR

Es war in den frühen Morgenstunden am Tag vor Heiligabend, als Peter Müller bereits lange vor Sonnenaufgang mit einer Tasse Kaffee vor sich auf dem Tisch in der Küche saß. Er hatte eine weitere Nacht hinter sich gebracht, in der er von Sorgen geplagt wach lag und düstere Gedanken ihn keine Ruhe finden ließen.

Das Weihnachtsfest stand unmittelbar bevor. Gerade in diesem Jahr sollte es ein besonderes Fest werden: ihr erstes Weihnachtsfest im eigenen Haus! Mit einem Weihnachtsbaum, dessen sterngeschmückte Spitze bis unter die Decke reichen sollte. Wie oft haben sie in den zurückliegenden Adventswochen in Vorfreude geschwelgt! Besonders die beiden Jungs wurden gar nicht müde zu beschreiben, wie sie zusammen mit ihm den größten und schönsten Baum aus dem Forst holen wollten! Er musste oft über sie lächeln, denn der Baum ihrer Fantasie hätte auch im neuen Haus keinen Platz gefunden, es sei denn, er hätte sich vom Erdgeschoss bis unters Dach recken können. Aber auch er und seine Frau ließen sich gerne in diesen Tagträumen der Kinder mitreißen.

Doch so, wie die Dinge nun lagen, würde es wohl kein frohes, heiteres Weihnachtsfest werden. Jedenfalls nicht für ihn. Eigentlich wäre es ihm am liebsten, er könnte die nächsten Tage in diesem Jahr einfach ausfallen lassen. Seine Gedanken kreisten unaufhörlich um ein einziges Thema. In seinem Herzen war kein Platz für Stille Nacht und all die kleinen Geheimnisse und Rituale, die Weihnachten für ihn normalerweise ausmachten.

Heute war sein erster Urlaubstag. Um ihn herum war Stille. Seine Frau und die beiden Kinder schliefen noch, und auch draußen in der Straße war noch alles ruhig. Es hatte in der vergangenen Nacht wieder geschneit. Nur vereinzelt waren ein paar neue Fußspuren im frischen Schnee auf dem Gehsteig zu sehen. Der Hund hatte sich nach einem kurzen Ausflug in den verschneiten Garten auch wieder zu ihm gesellt und lag nun neben der Eckbank in seinem Korb, von wo aus er seinen Herrn aufmerksam anschaute. Er schien zu spüren, dass dieser von Sorgen geplagt war.

Sie hatten dieses Haus erst vor knapp sechs Monaten bezogen. So viel Mühe, Anstrengung und Verzicht steckten darin. Zwar verdiente er als Industriemeister in der Entwicklungsabteilung seiner Firma recht gut, doch wie die meisten anderen Bauherren in der kleinen Neubausiedlung mussten auch sie sich jahrelang finanziell ziemlich einschränken, damit sie sich den Traum vom eigenen Haus verwirklichen konnten. Er hatte in der Bauzeit und auch bei der Inneneinrichtung sehr viel in Eigenarbeit geschafft, auch viele seiner Freunde und Familienmitglieder hatten immer wieder tatkräftig mit angepackt. Die laufenden Kredite und die Hypothek auf das Haus waren so angelegt, dass er die Ratenzahlungen unter normalen Bedingungen von seinem Gehalt bestreiten konnte, ohne dass auch seine Frau arbeiten gehen musste. Sie litt seit einigen Jahren unter Asthmaanfällen, die sich zunehmend verschlimmerten, und er wollte ihr zusätzliche Belastungen neben der Sorge für Haus und Familie auf jeden Fall ersparen.

Bis vor fünf Tagen war auch alles in bester Ordnung. An diesem Donnerstag vergangener Woche wurde er nach der Mittagspause zusammen mit ein paar anderen Kollegen in das Büro des Abteilungsleiters gerufen. »Es tut mir aufrichtig leid«, fing Herr Weitinger an, und es war zu spüren, wie schwer es ihm fiel, zu sagen, was er ihnen sagen musste. »Wie Sie vermutlich bereits erfahren haben, hat die Geschäftsleitung aufgrund der gesunkenen Umsatzzahlen im letzten Jahr für das kommende Jahr Einsparungen in größerem Umfang beschlossen. Auch in unserer Abteilung müssen Arbeitsplätze gestrichen werden. Ich konnte bis zum aktuellen Zeitpunkt noch nicht in Erfahrung bringen, wie viele Arbeitsplätze in unserer Abteilung betroffen sind, ich versichere Ihnen jedoch, dass ich alles versuchen werde, um diesen Stellenabbau vielleicht doch noch zu verhindern.«

Bereits am Nachmittag des folgenden Tages wurde Peter ins Personalbüro gerufen. Es war ihm von vornherein klar, was das zu bedeuten hatte ...

Bis heute Morgen hatte er es noch nicht übers Herz gebracht, seiner Frau zu erzählen, dass er bald arbeitslos sein würde. Zwar hatte sie ihn in den letzten Tagen mehrmals forschend angesehen und ihn gefragt, was denn mit ihm los sei. Er konnte sie jedes Mal mit »Stress in der Arbeit so kurz vor Weihnachten« beruhigen. So schwer es ihm fiel, zur Arbeit zu fahren, war er doch froh, dass er wenigstens tagsüber nicht den Schein wahren musste, dass alles in Ordnung sei. Aber jetzt kamen die Weihnachtstage. Er beschloss, nach den Weihnachtstagen würde er es ihr sagen. Nicht jetzt. Nicht einen Tag vor Heiligabend! Verzweiflung stieg erneut in ihm auf und schnürte ihm die Kehle zu. Ihre angeschlagene Gesundheit machte ihm auch so schon genug Sorgen. Er wusste, wie schwer es werden würde. Aber er musste mit ihr sprechen. Auch darüber, ob sie das Haus auf Dauer würden halten können. Die aktuelle schlechte Arbeitsmarktlage gab keinen Anlass zur Hoffnung, dass er kurzfristig eine neue Stelle finden würde ...

Seine Frau tauchte, noch ganz verschlafen, in der Tür zur Küche auf. »Guten Morgen, mein Schatz«, murmelte sie und gähnte. Dann schaute sie ihn besorgt an. »Wieso bist du denn schon auf? Du hast doch heute frei!«

Am liebsten hätte er ihr jetzt auf der Stelle alles erzählt, seinen Kummer mit ihr geteilt. »Setz dich mal hierher zu mir«, wollte er gerade sagen, da läutete das Telefon. »Ich geh schon ran!« Seine Frau tapste in die Diele und kam kurz darauf mit dem Telefon wieder zurück. »Dein Abteilungsleiter will dich sprechen«, sagte sie und gab Peter mit fragendem Gesichtsausdruck den Hörer. Was um Himmels willen wollte Herr Weitinger schon so früh am Morgen von ihrem Mann? Und noch dazu im Urlaub!

Peter zog sich mit dem Telefon ins Wohnzimmer zurück, während seine Frau beunruhigt zurückblieb. Was war los? Sie hatte schon seit einigen Tagen das Gefühl, dass irgendetwas hier nicht stimmte!

Als Peter nach zwanzig Minuten aus dem Wohnzimmer in die Küche zu seiner Frau zurückkam, strahlten seine Augen. Der kummervolle Ausdruck darin war Zuversicht und Freude gewichen.

Er nahm seine Frau in den Arm. »Setz dich mal hierher zu mir, wir müssen reden«, sagte er. Und jetzt erzählte er ihr alles. Er berichtete von den Einsparmaßnahmen seiner Firma, denen auch sein Arbeitsplatz zum Opfer fallen sollte.

Aber nun hatte die ganze Geschichte offenbar doch noch eine Wendung zum Besseren genommen. Sein Chef, Herr Weitinger, hatte ihm eben am Telefon berichtet, was geschehen war: Seine Kollegen in der Entwicklungsabteilung, die seine familiäre Situation kannten und auch von seinen finanziellen Belastungen durch den Hausbau wussten, hatten sich überlegt, wie sie ihm helfen konnten. Freiwillig auf seinen Arbeitsplatz verzichten konnte von ihnen natürlich auch niemand. Aber sechs seiner Kollegen hatten angeboten, für unbefristete Zeit auf eine Arbeitsstunde pro Arbeitstag zu verzichten. Dadurch

würden für ihn sechs Arbeitsstunden täglich übrig bleiben. Ein entsprechender Antrag war bereits letzte Woche bei der Geschäftsleitung gestellt worden und ursprünglich abgelehnt worden. Doch dann konnte der Abteilungsleiter den Personalrat und Betriebsrat für den Plan gewinnen. Schließlich stimmte auch die Geschäftsleitung der neuen Arbeitsverteilung zu, allerdings erst einmal probeweise und auf 3 Monate befristet.
»Meine Kollegen sind doch wirklich einzigartig, findest du nicht auch?«, sagte er zu seiner Frau. »Und mein Chef natürlich auch! Sie haben mir nicht einmal andeutungsweise gesagt, was sie vorhaben – für den Fall, dass es nicht klappt. Mit dieser Regelung kommen wir vorerst über die Runden, bis ich einen neuen Vollzeit-Job gefunden habe«, sagte Peter zuversichtlich. »Gleich nach Weihnachten werde ich mit der Suche anfangen.«
Lange saßen die beiden noch in der Küche und redeten. Mittlerweile war es draußen hell geworden. Eine weiße Wintersonne strahlte vom wolkenlosen Himmel und brachte die unzähligen Schneekristalle auf der Fensterbank zum Glitzern. Getrappel wurde auf der Treppe vom ersten Stock herunter hörbar. Die beiden Buben stürmten in die Küche. »Guten Morgen! Gibt es Frühstück? Ist morgen endlich Weihnachten? Gehen wir heute den Baum holen?«
»Ja, ja und ja«, lachte Peter. »Nachher gehen wir zusammen in den Forst und holen einen Weihnachtsbaum, den schönsten und größten, den wir finden können – einen bis unter die Decke.«

Weihnacht der Kinder

Christkind verkehrt

Hans Fallada

3 Minuten

Ich hatte mir zu Weihnachten ein Puppentheater gewünscht, ein Puppentheater aus Pappe, mit Proszenium, Soffiten und Hintergrund, mit den Figuren für Wilhelm Tell – alles aus Pappe. Auf meines Bruders Uli Wunschzettel aber hatte ein Robinsonade gestanden, aus Blei, Robinson und Freitag und Palmen und eine Hütte und das »Pappchen« in seinem Rutenkäfig, alles aus Blei.

Einmal ist es soweit, und die kleine silberne Bimmel klingelt, und die Tür tut sich auf, und der Baum strahlt, und wir marschieren auf ihn zu, wie die Orgelpfeifen, nach dem Alter: erst Uli, dann ich, dann Margarete, dann Elisabeth. Und nun stehen wir vor dem Baum, rechts und links von ihm Mama und Papa, und wir sagen jeder etwas auf: ein Weihnachtslied oder ein paar hausgemachte Verse. Während das geschieht, ist es verboten, nach den Tischen zu schielen, aber ich wage doch einen Blick – und da, links von mir, steht das Puppentheater, strahlend, und der Vorhang ist aufgezogen, und Tell ist auf der Bühne und Gessler – welch ein Glück!

Aber wie nun Elisabeth als die letzte ihr Sprüchlein gesagt hat und wir zu unsern Tischen dürfen, da führt mich Mama nicht nach links, nicht zu dem Puppentheater, sondern nach rechts, wo auf einem großen Brett mit gelbem Sand und grünem kurzem Moos und blaugestrichenem Meer die Robinsonade aus Blei aufgebaut ist –: »Dein Bruder Uli«, sagt Mama, »ist voriges Jahr viel besser weggekommen als du. Und deshalb bekommst *du* in diesem Jahr den Robinson, der ist viel schöner.« Und nun standen wir beide da, wie die rechten Küster, und versuchten zu spielen, er mit »meinem« Puppentheater, ich mit »seinem« Robinson, und das Herz war uns schwer, und zu freuen hatten wir uns doch auch. Und ab und zu wagten wir einen Blick zum andern und fanden, der konnte gar nichts mit »unserm« Spielzeug anfangen.

Aber das Seltsame an diesem sonst ganz unweihnachtlichen Weihnachtserlebnis war, dass wir – Uli und ich – nun nicht etwa, als die weihnachtlichen Freuden verrauscht und wir mit unserm Spielzeug aus dem Bescherungs- in »unser« Zimmer übergesiedelt waren, dass wir da nicht etwa unsere Weihnachtsgeschenke austauschten und das so falsch Begonnene richtig vollendeten...

Nein, das Seltsame war, dass Uli leidenschaftlich an seinem Puppentheater hing und dass ich wie ein Hofhund über meinem Robinson wachte. Von all den vielen Weihnachtsfesten meiner Kindheit ist dieses eine nur mir ganz unvergesslich und deutlich geblieben: mit dem spähenden Entdeckerblick zum Tisch, mit dem »Besser-Wegkommen«, mit dem Sich-freuen-Müssen, mit dem verlegenen Schuldgefühl. Kein

Spielzeug hat den Glanz dieses falschen Robinsons, es ist mitgegangen mit mir durch mein Leben, und heute noch, wenn ich nicht einschlafen kann, spiele ich Robinson.

Gibt es einen Weihnachtsmann?

AUS DER NEW YORK SUN, 21. SEPTEMBER 1897

3 Minuten

Der folgende Briefwechsel zwischen Virginia O'Hanlon und Francis P. Church stammt aus dem Jahr 1897. Er wurde über ein halbes Jahrhundert – bis zur Einstellung der »Sun« 1950 – alle Jahre wieder zur Weihnachtszeit auf der Titelseite der Zeitung gedruckt.
Die achtjährige Virginia aus New York wollte es ganz genau wissen. Darum schrieb Sie an die Tageszeitung »Sun« einen Brief: Ich bin 8 Jahre alt. Einige von meinen Freunden sagen, es gibt keinen Weihnachtsmann. Papa sagt, was in der »Sun« steht, ist immer wahr. Bitte, sagen Sie mir: Gibt es einen Weihnachtsmann?
Die Sache war dem Chefredakteur Francis Church so wichtig, dass er selber antwortete – auf der Titelseite der »Sun«:
»Virginia, Deine kleinen Freunde haben nicht recht. Sie glauben nur, was sie sehen; sie glauben, dass es nicht geben kann, was sie mit ihrem kleinen Geist nicht erfassen können. Aller Menschengeist ist klein, ob er nun einem Erwachsenen oder einem Kind gehört. Im Weltall verliert er sich wie ein winziges Insekt.

Ja, Virginia, es gibt einen Weihnachtsmann. Es gibt ihn so gewiss wie die Liebe und Großherzigkeit und Treue. Weil es all das gibt, kann unser Leben schön und heiter sein. Wie dunkel wäre die Welt, wenn es keinen Weihnachtsmann gäbe! Es gäbe dann auch keine Virginia, keinen Glauben, keine Poesie – gar nichts, was das Leben erst erträglich machte. Ein Flackerrest an sichtbarem Schönen bliebe übrig. Aber das Licht der Kindheit, das die Welt ausstrahlt, müsste verlöschen. Es gibt einen Weihnachtsmann, sonst könntest Du auch den Märchen nicht glauben.

Gewiss, Du könntest deinen Papa bitten, er solle am Heiligen Abend Leute ausschicken, den Weihnachtsmann zu fangen. Und keiner von ihnen bekäme den Weihnachtsmann zu Gesicht – was würde das beweisen? Kein Mensch sieht ihn einfach so. Das beweist gar nichts.

Die wichtigsten Dinge bleiben meistens unsichtbar. Die Elfen zum Beispiel, wenn sie auf Mondwiesen tanzen. Trotzdem gibt es sie. All die Wunder zu denken – geschweige denn sie zu sehen –, das vermag nicht der Klügste auf der Welt. Was Du auch siehst, Du siehst nie alles. Du kannst ein Kaleidoskop aufbrechen und nach den schönsten Farbfiguren suchen. Du wirst einige bunte Scherben finden, nichts weiter. Warum? Weil es einen Schleier gibt, der die wahre Welt verhüllt, einen Schleier, den nicht einmal die Gewalt auf der Welt zerreißen kann. Nur Glaube und Poesie und Liebe können ihn lüften.

Dann werden die Schönheit und Herrlichkeit dahinter zu erkennen sein.
›Ist das denn auch wahr?‹, kannst Du fragen. Virginia, nichts auf der ganzen Welt ist wahrer und nichts beständiger.
Der Weihnachtsmann lebt, und er wird ewig leben. Sogar in zehnmal zehntausend Jahren wird er da sein, um Kinder wie Dich und jedes offene Herz mit Freude zu erfüllen. Frohe Weihnacht, Virginia«.

Dein
Francis Church

Die Grulicher Weihnachtskrippe

OTFRIED PREUSSLER

7 Minuten

Unsere Kinderzeit haben wir in Reichenberg verbracht, das damals noch eine deutsche Stadt im Norden des Landes Böhmen war. Der Vater hatte uns eines Abends in der Vorweihnachtszeit vom Krippenmarkt unter den Schwarzen Lauben eine in braunes Packpapier eingeschlagene Pappschachtel mitgebracht, die mein kleiner Bruder und ich am Wohnzimmertisch in Gegenwart von Eltern und Großmutter auspacken durften.

Es zeigte sich, dass die Schachtel mit Holzwolle ausgestopft war und eine Anzahl von kleinen, einzeln in Seidenpapier eingewickelten Gegenständen enthielt: Einige fühlten sich eher sperrig an, andere länglich und rund wie Tannenzapfen, nur kleiner; und als mein Bruder, der damals noch nicht zur Schule ging, einen der geheimnisvollen Knäuel öffnete, kam ein Schaf zum Vorschein – ein hölzernes Schaf mit weißgrauem Fell, rosafarbener Schnauze und beängstigend weit abstehenden Ohren. Es stand auf vier streichholzdünnen Beinen, an die unten ein flaches, grasgrün bemaltes Brettchen angeleimt war, damit man es aufstellen konnte.

»Aha«, sagte mein kleiner Bruder und legte den Zeigefinger an die Nase, damit alle merken sollten, dass er im Begriff stand, etwas besonders Kluges zu sagen: »In der Schachtel, was kann da drin sein? Da ist bestimmt eine Arche Noah drin.« Wir anderen wussten natürlich, dass er das wider besseres Wissen gesagt hatte, aber wir ließen es uns nicht anmerken.

Danach war ich selbst an der Reihe, griff nach einem der etwas größeren Gegenstände und beförderte einen gleichfalls mit allen Vieren auf solch ein grünes Brettchen geleimten Ochsen hervor.

Wir wechselten einen raschen Blick unter Brüdern, das Spiel sollte weitergehen. Ach so, meinte ich, das seien wohl neue Tiere für unseren Bauernhof? Dies sagte ich mit der größten Unschuldsmiene, obzwar ja der hölzerne Bauernhof mit den Kühen, Schafen, Schweinen und Ziegen längst auf dem Dachboden gelandet war, in der Kiste mit den ausgedienten Spielsachen.

Nun griff wieder mein Bruder zu, befingerte unschlüssig einen der noch in der Schachtel liegenden Gegenstände, entschied sich dann aber für einen anderen, zupfte das Seidenpapier auseinander – und siehe da, es kam ein Kamel zutage: ein regelrechtes Kamel mit roter Schabracke und einem Federbusch auf der Stirn.

Das passte nun weder zur Arche Noah noch auf den Bauernhof, aber der kleine Schlauberger wusste Rat; er meinte, da sei vielleicht eine Menagerie drin, wie wir sie kürzlich in der

Auslage beim Spielwarenhändler Ulbrich bestaunt hatten. Das entbehrte nicht einer gewissen Wahrscheinlichkeit.

Als ich jedoch beim nächsten Zugriff einen leibhaftigen Mohrenkönig ans Licht brachte, einen Mohrenkönig mit perlweißen Zähnen im kaffeebraunen Gesicht und einem merkwürdig geformten Goldgefäß in der Linken, das die Gestalt einer waagerecht gestellten Mondsichel hatte – da ließ sich nun endgültig nicht mehr daran vorbeiraten:

Was der Vater uns da mitgebracht hatte, war eine Weihnachtskrippe, bestehend aus einigen zwanzig holzgeschnitzten Figuren, die Schafe und Lämmer nicht mitgezählt, alle bunt bemalt.

Und während wir nun die Hirten und Könige, die Muttergottes, das liebe Jesulein auf dem Stroh und den heiligen Joseph gemeinsam auspackten, erklärte uns der Vater, dass dies eine Grulicher Krippe sei – so benannt nach dem Städtchen Grulich im Adlergebirge nahe der schlesischen Grenze, wo solche Figuren von einfachen Leuten am Feierabend geschnitzt würden, teils zum Zeitvertreib, teils der paar Heller wegen, die sich damit verdienen ließen.

Der Vater musste es wissen. Er hatte in seiner Freizeit für das Museum unserer Heimatstadt eine der größten Sammlungen nordböhmischer Weihnachtskrippen zusammengetragen, wenn nicht die größte von allen: viele Hunderte von Figuren, die meisten von dörflichen Künstlern auf Pappendeckel gemalt und hinterher ausgeschnitten, wie das im Umland von Reichenberg üblich war.

Die holzgeschnitzte Krippe aus Grulich erhielt ihren Platz im Haus meiner Eltern auf halber Höhe der Stiege, die in den ersten Stock hinaufführte. Wo die hölzerne Treppe sich wendete, gab es an deren Innenseite eine Konsole; die wurde nun abgeräumt, um alsbald in die Fluren des Heiligen Landes verwandelt zu werden, indem man sie mit Platten von Moos und einigen Rindenstücken bedeckte, die der Vater in einer weiteren Schachtel gleich mitgebracht hatte.

Bei der nun folgenden Aufstellung der Figuren erprobten mein kleiner Bruder und ich die verschiedenartigsten Möglichkeiten der Anordnung und Gruppierung, wobei eigentlich nur die Heilige Familie mit Ochs und Esel einen festen Platz inmitten des Ganzen hatte – ebenso wie der Gloria-Engel, der mit rauschenden Fittichen ihnen zu Häupten schwebte und in den weit ausgebreiteten Armen ein Spruchband mit der aus zierlich geschwungenen goldenen Lettern bestehenden Aufschrift trug:

GLORIA IN EXC. DEO

Übrigens stellte er insofern das Musterbeispiel einer Krippenfigur aus Grulich dar, als er ein ganz besonders ausgeprägt schiefes Gesicht hatte.
Mit Ausnahme der Tiere hatten nämlich, wie der Vater zu berichten wusste, alle Grulicher Krippenfiguren mehr oder we-

niger schiefe Gesichter, bei denen die rechte Hälfte gegenüber der linken um eine Winzigkeit zur Seite und gleichzeitig nach unten weggerutscht zu sein schien.

Deshalb achteten mein Bruder und ich auch in den folgenden Jahren sorgfältig darauf, die hölzernen »Mannln« unserer Krippe im Heiligen Land nach Möglichkeit so zu postieren, dass der Betrachter sie im Profil zu sehen bekam: ein kleiner, durchaus vertretbarer Kunstgriff – nur dass er sich, zu unser beider anfänglichem Bedauern, ausgerechnet auf den Gloria-Engel nicht anwenden ließ, der ja nun einmal samt Spruchband dazu bestimmt war, von vorne betrachtet zu werden.

Mit der Zeit begannen wir uns allerdings mehr und mehr an das schiefe Gesicht des himmlischen Boten zu gewöhnen, bis es uns schließlich so lieb und vertraut wurde wie das Gesicht eines guten alten Bekannten.

Wenn wir die Krippe am Tage Mariä Lichtmess, also am 2. Februar, abräumen durften, verpackten wir stets gerade den Engel mit besonderer Sorgfalt wieder in Seidenpapier und legten ihn dann in der Krippenschachtel, die bis zum nächsten Weihnachtsfest auf den Dachboden wanderte, immer ganz obenauf.

Wohl verpackt auf dem Dachboden befand sich unsere Grulicher Weihnachtskrippe auch an jenem strahlenden Junimorgen des Jahres 1945, als meine Eltern aus dem Haus gejagt wurden, wonach fremde Leute davon Besitz ergriffen, mit allen Möbeln, mit aller Habe, vom Keller bis unters schiefergedeckte Dach. Heute leben wir in Bayern, dort haben wir uns eine neue Heimat geschaffen. Was aus der Grulicher Weihnachtskrippe geworden ist, werden wir nie erfahren. Die fremden Leute, die unser Haus im einstigen Reichenberg jetzt bewohnen – möge der Gloria-Engel aus Grulich auch ihnen den Frieden des Herrn bescheren, wie er allen Menschen verheißen ward: damals, in jener hochheiligen Nacht überm Stall zu Bethlehem.

Mein unsichtbares Weihnachten

Viveca Lärn-Sundvall

10 Minuten

Mein Papa nannte mich immer »unser kleiner Weihnachtsmuffel«. Das fanden alle sehr witzig. Ausgerechnet dann, wenn der Duft von Glühwein und Weihnachtsputz das ganze Haus so gemütlich durchzog und draußen vor dem Fenster große weiße Flocken niederschwebten, konnte er fragen: »Und was hält unser kleiner Weihnachtsmuffel in diesem Jahr von unserem Tannenbaum?« Natürlich war dieser Baum immer viel schöner als der vom vorigen Jahr. Mein Papa und ich hatten ihn ja liebevoll erst mit der Straßenbahn und dann zu Fuß nach Haus geschleppt.

O ja, wir hatten unsere Traditionen! Auf dem Heimweg blieben wir jedes Mal vor Raggens Fahrrad- und Sportgeschäft stehen, wo – immer abwechselnd – in dem einen Jahr Skiläufer und im anderen Schlittschuhläufer zu sehen waren – elektrische Männchen, die im Schaufenster im Kreis herumfuhren.

Das gehörte genauso dazu, wie dass mein Papa jeden Weihnachtsabend Charles Dickens' »A Christmas Carol«, erzählte – und dass unsere Gäste immer genau dann eintrafen, wenn der dritte Geist den größten Kuddelmuddel anstellte.

Trotz alledem war ich eine leidenschaftliche Gegnerin jeglicher Weihnachtsfeierei. Als ich elf war, trat ich in die Mädchengruppe der Pfadfinder ein und trabte jeden Dienstagabend im blauen Hemd (mit Flügel-Abzeichen auf der Tasche) zum Pfadfindertreffen in die Schule. Wir lernten Seemannsknoten machen, Schuhbänder ordentlich knüpfen sowie Gott und Lady Baden-Powell gehorchen, die sich die Sache mit den Pfadfinder-Mädchen ausgedacht hatte.

Man sollte seine Eltern überreden jeden Sonntag in die Kirche zu gehen, möglichst auch ein Tischgebet, ein Nachtgebet und in Notfällen andere kleine Gebete zu sprechen. Sonst hätten sie kein Recht, sich der hohen Feiertage des Herrn zu erfreuen.

Meine Eltern wollten auf keinen Fall in die Kirche gehen, obwohl ich sie streng ermahnte. Sie gingen lieber ins Kino.

Nach viel Kopfzerbrechen sah ich ein, dass alle Mühe vergeblich war, sie kirchlich zu machen. Aber dann sollten sie auch die Folgen tragen! Ich ließ keinen Tag vergehen, ohne sie mit bissigen Bemerkungen darauf hinzuweisen, dass sie Schnorrer des Christentums waren. Hier gibt es einen Tannenbaum und Kerzen und Pfefferkuchen. Feiert ihr vielleicht was Besonderes?

Aber gerade an dem Weihnachten, als ich elf war, erlebte der kleine Weihnachtsmuffel ein ganz ungewöhnlich weihnachtliches Weihnachten.

In dem Herbst war ich auf ein Lyzeum gekommen. 1B hieß die Klasse, in die ich ging. Alle dort waren so winzig wie ungepopptes Popcorn, und da ich ein Jahr jünger war als die anderen, war ich die Allerkleinste. Die Schule war ein alter Ziegelbau, darin wimmelte es von lebendigen und toten Gespenstern. Im Erdgeschoss lag eine riesige Aula mit einer Bühne und einem schwarzen Flügel. Am Flügel saß unsere silberhaarige Musiklehrerin in einem blauen Kleid mit weißem Spitzenkragen. Bevor man auf ihrem Flügel spielen durfte, musste man sich die Hände waschen. Außerdem musste man allein vor der ganzen Klasse vorsingen, und wenn das einigermaßen gut ging, durfte man am Musikunterricht teilnehmen.

Wir hatten »Alle Vögel sind schon da« zu singen, aber ich zog es vor, mich mit »Ein feste Burg« zu präsentieren, das ein bisschen mehr Schmiss hat. Ich übte zu Hause fleißig am Klavier, sodass sich Frau Lindberg immer die Ohren zuhielt, wenn sie an unserer Wohnungstür vorbei musste. Dafür gab es Zeugen (meinen Papa).

Die Musiklehrerin ließ mich durchfallen und im Zeugnis kriegte ich einen Strich statt einer Note, und wenn die Klasse Musik hatte, durfte ich auf dem Schulhof Himmel und Hölle spielen.

Im Dezember sollte die traditionelle Weihnachtsaufführung der Erstklässler stattfinden, alljährlich gleichermaßen hoch geschätzt von allen älteren Schülern, die sich in unterdrückten

Lachkrämpfen der Länge nach auf den Bänken wälzten. Unserer Klassenlehrerin Fräulein Hansson fehlte, außer der Hacke am linken Fuß, der Mut, mir die Teilnahme an der Weihnachtsaufführung zu verweigern.

(»Heilige Mutter Gottes«, stöhnte unsere Musiklehrerin, »das gibt eine Katastrophe!«)

Sie war es nämlich, die das Weihnachtsspiel geschrieben hatte und auch Regie führte. Letzteres mit dem Beistand von ein paar anderen kunstbeflissenen Lehrerinnen, und wir waren dreizehn Schülerinnen, die mitmachen durften. Vier sollten Kinder spielen, vier Adventslichter, vier Engel und eine den Teufel. Ja, genau.

Die Musiklehrerin fragte mich bei der ersten Besprechung des Stückes, ob ich vielleicht doch lieber *nicht* mitmachen wollte, da ja jetzt feststand, dass ich den Teufel spielen solle, aber ich wollte furchtbar gern.

Das Stück handelte von den vier Adventssonntagen. Die vier Kinder mussten ihre Kerzen anzünden (nicht echt) und sich etwas wünschen. Und da sollte ich als der böse Versucher auftauchen und die armen Kinderchen dahin bringen, dass sie sich teure Spielsachen wünschten, die Spaß machten, statt lauter edle und gute Dinge.

Ein Satz dröhnt mir noch heute im Kopf.

Der kleine blondlockige Knabe Lars (gespielt von Ingrid, die ellenlang war und struppiges, mausefarbenes Haar hatte) durfte sich etwas vom zweiten Adventslicht wünschen. Bevor

er den Mund auftun konnte, sprang ich mit meinen spitzen Hörnern aus der Dunkelheit hervor und zischte: »Macht und Ehre, Macht und Ehre! König wirst du werden ...«
Aber das Knäblein Lars kam genau wie die anderen drei Kinder leider auf bessere Gedanken. Sie wollten weder ein Sportfahrrad noch ein Meccano-Spiel und nicht einmal einen Adelstitel haben. Lieber wollten sie Friede auf Erden und ähnlich nützliche Dinge. Die Dialoge waren sehr zahlreich, die meisten sogar in Versen, und wir büffelten und probten den ganzen November. Die Mütter und Schneiderinnen rackerten sich mit den Kostümen ab – nur meins fehlte noch. »Ich finde, Viveca sollte unsichtbar sein«, schlug die Musiklehrerin boshaft lächelnd vor. In ihrem Haar blitzten Sterne auf.
Dieser Vorschlag fand großen Anklang, unter anderem auch bei mir. In den Pausen, im Turnsaal, in den Korridoren verbreitete ich diese schockierende Botschaft in der ganzen Schule.
»Verpasst das Weihnachtsspiel nicht! Ich höchstpersönlich werde den Teufel spielen und ich werde unsichtbar sein!«
Unsichtbar – sogar die großen Mädchen in der Siebten, die schon beinahe Fräuleins waren wie die Lehrerinnen, wurden blass und zuckten zusammen.
»Wie denn, aber wie?«, fragten sie entsetzt mit aufgerissenen Augen. Nicht mal meine Schwester, die in die Sechste ging, konnte sich vorstellen, wie das funktionieren sollte. Sobald Pause war, schnappten mich die großen Mädchen und

drängten mich in irgendeine Ecke (sogar im Biologieraum, wo es Spinnen gab und das Skelett stand!).

»Sag's mir! Sag mir's doch! Nur mir, bitte! Ich schwöre dir, es nicht weiterzusagen! Wie willst du dich unsichtbar machen?«

»Es gibt so Flüssigkeiten«, murmelte ich vieldeutig und riss mich los.

Die Spannung wuchs, nicht zuletzt bei mir, je näher der Tag vor der Premiere kam – nämlich die Abschlussfeier vor Weihnachten am 20. Dezember. Ich war so davon in Anspruch genommen, im Mittelpunkt aller Fragen zu stehen und plötzlich, obwohl die Kleinste, bei allen in der ganzen Schule bekannt zu sein, dass ich nicht Zeit gehabt hatte, mich mit dem eigentlichen Problem zu beschäftigen.

Der Tag nahte unerbittlich. Wie unsichtbar werden? Zu Hause zu bleiben war keine gute Lösung, weil ich so viel Text hatte. Das wäre aufgefallen. Ich durchsuchte das gesamte Angebot bei Buttericks, aber die Flaschen mit unsichtbarer Tinte hätten höchstens für einen großen Zeh gereicht.

Am Tag der Aufführung hüllte ich mich düsteren Sinnes in meinen großen schwarzen Umhang, in dem ich beinahe verschwand – aber beinahe war nicht genug.

»Wie wirst du's machen?«, fragte ein rothaariger Engel besorgt, während er seinen Heiligenschein putzte.

In dem kleinen Kabuff hinter der Bühne kletterten alle aufeinander herum. Wo ist meine Schleife, wo sind meine Halspastillen, meine Ballettschuhe, meine Beruhigungstropfen ...

In der Aula summte die erwartungsvolle Spannung von zwanzig Schulklassen. Schließlich gab die Ordnungshüterin ihre Versuche auf, uns zum Schweigen bringen zu wollen. Sie griff nach einem großen Zeichenblock und einem Tuschpinsel. »RUHE!«, schrieb sie. Und damit hatte sie mein Problem gelöst.

»Unsichtbar!«, schrieb ich mit Riesenbuchstaben auf einen großen weißen Papierbogen, den ein hilfreicher Engel mir auf dem Rücken feststeckte.

Dann ging der Samtvorhang auf. Noch heute kann ich das enttäuschte Raunen des Publikums hören, als es entdeckte, dass von mir etwa genauso viel zu sehen war wie sonst auch. Aber wartet nur! Mit großer dramatischer Geste trat ich an die Rampe und drehte mich so schwungvoll um, dass sich mein Umhang blähte.

Ich kniff die Augen zu und wartete. Jetzt lasen sie, jetzt kapierten sie – würden sie mich ausbuhen und mit Eiern bewerfen? Nein! Tosendes Gelächter, Beifallspfiffe (in einer Mädchenschule!), Getrampel und ohrenbetäubendes Klatschen.

Ich hatte gesiegt, mir war schwindlig vor lauter Glück. Die Musiklehrerin knirschte mit den Zähnen (wenn auch dezent und rhythmisch).

Auf dem Heimweg, mit dem Umhang unter dem Arm und dem Zeugnis in der Manteltasche, schwebte ich wie auf Wolken. Ich lächelte die ganze Zeit selig und beschloss, meine Eltern Weihnachten feiern zu lassen, auch wenn sie beim Kirchlichen schmarotzten. Wir hatten wenigstens keine scheinheilige Krippe und auch keine aufziehbare, dudelnde Gipskirche. Das fand Gott bestimmt gut.

Der Tannenbaum war in diesem Jahr besonders grün und wohl gewachsen. Mama hatte eine hoch gepriesene Variante von Ingenieur Axelssons Weihnachtssenf hergestellt. Meine Tante Alice aß alles Fett vom Weihnachtsschinken auf, das wir anderen weggeschnitten hatten. Doch das machte nichts, denn sie trieb regelmäßig Gymnastik bei den »Hurtigen Hausfrauen«. Mein Onkel Harald blies Zigarrenrauch in die Luft und mein Onkel Oscar spielte Mundharmonika, und ich kam um den Löffel voll Lebertran herum, nur weil es Heiligabend 1955 war.

Der Weihnachtsgast

John Gordon

16 Minuten

Zwei Tage vor Weihnachten – in New York! Ich trat auf die Straße und sah mich um. Immer war mir etwas unheimlich in dieser Gegend zumute – so weit »unten« in Manhattan. Aber da hausten nun mal meine »Sieben Buchjäger«, Antiquare, die schon oft alte, längst vergriffene Bücher für mich aufgestöbert hatten. Auch diesmal hatte ich ein lange gesuchtes Buch wie einen kostbaren Schatz unter den Arm geklemmt, zog die etwas morsche, schmutzige Haustür hinter mir zu und blickte straßauf und straßab. Nur wenige Menschen waren zu sehen. Es fing an zu dämmern. Ich blickte zum Himmel auf: es sah nach Schnee aus. Bald segelten die ersten trockenen Schneekristalle durch die Luft.

Etwas beklommen eilte ich die Querstraße entlang, um in belebtere Gegenden zu kommen. Bei der nächsten Ampel fiel mir ein kleiner Junge auf, der sich mit einem für seine Größe riesigen Weihnachtsbaum abmühte. »Wo will der Baum mit dir hin?«, fragte ich scherzend.

Ein blasses Gesicht mit zwei großen blauen Augen sah mich argwöhnisch, fast etwas trotzig an. Dann senkte er den Blick, ohne zu antworten, und tastete nach einem besseren Griff um

den Stamm des Tännchens. Dabei rutschte ihm ein weißer Pappkarton unter dem Arm hervor und fiel auf den Bürgersteig. Sofort legte er den Baum hin, hockte sich nieder und schüttelte horchend an dem verschnürten Karton. Anscheinend hörte er nichts Verdächtiges, denn er hob die Tanne und den Karton befriedigt auf und überquerte gleichzeitig mit mir die Straße. Auf der andern Seite geriet sein Karton wieder ins Rutschen.
»Soll ich dir ein Stück weit tragen helfen?«, schlug ich vor.
Er nickte stumm.
»Wohin musst du ihn bringen?«
Er nannte eine Avenue ziemlich hoch im Norden.
»Wohnst du denn dort?«, fragte ich.
»Meine Tante und – mein Onkel«, sagte er. »Wir haben früher hier in der Nähe gewohnt, meine Mutter und ich.«
»Lebt deine Mutter nicht mehr?«
Er schüttelte den Kopf.
Ich nahm den Baum in die Linke. So hoffte ich, dem etwa sechsjährigen kleinen Mann, der rechts von mir ging, etwas näherzukommen. »Konnten denn deine Verwandten den Baum nicht in der Nähe ihrer Wohnung kaufen?«
»Die wollen ja keinen!«, stieß er hervor. Auf einmal brach der ganze Kummer aus ihm heraus. »Aber ich will einen, wir haben immer einen gehabt, und ich weiß doch, wo wir den Baum immer gekauft haben, Mutter und ich. Ist mir gleich, was die denken! Ich stelle ihn einfach in mein Zimmer! Ich

habe bei Woolworth Kugeln gefunden, beinah so schöne wie unsre alten!« Er sah zu mir auf, als erwarte er mein Interesse für seinen Baumschmuck. »Jetzt kann ich ihn wieder tragen«, sagte er. »Besten Dank!«
»Ich habe aber Zeit«, erklärte ich ihm. »Mein Bus geht erst morgen.«
»Ein Greyhound?«, fragte er. »Die kenn' ich – ich weiß, wo der Greyhound-Terminal ist. Wir haben sie uns oft angesehen. Fahren Sie weit?«
»Aufs Land hinaus. Ziemlich weit. Bei uns liegt schon Schnee im Wald. Dort wohnen wir, meine Frau und ich.«
»Gibt's da auch Rehe? Meine Mutter hat gesagt, die kleinen Kinder glauben, dass der Weihnachtsmann für seinen Schlitten ein Gespann mit Rehen hat. Aber ich glaube nicht mehr an den Weihnachtsmann. Mutter hat gesagt, ich bin zu groß dafür. Rehe gibt's natürlich, ich zeichne manchmal welche – in mein Malbuch.«
»Malst du viel?«
Er nickte stumm.
Unsere Unterhaltung wurde immer häufiger durch Passanten und Heimkehrer unterbrochen. Ich erregte öfter Anstoß mit dem Baum – aber der Kleine strebte unentwegt weiter. Die Straßen wurden breiter – es war eine gute Wohngegend. »Warum sind deine Verwandten tagsüber solange fort?«, fragte ich.
»Die sind Schauspieler. Sie sind bloß drei Monate hier, dann gehen sie wieder nach Hollywood.«

»Gehst du mit?«

Er warf mir einen Blick zu. Dann sagte er: »Ich will nicht.« Wir standen vor einem Apartmenthaus, das eine gewisse Eleganz nicht nur vortäuschte. Der Kleine stemmte die Tür auf und steuerte auf den Lift zu. Er sah mich zweifelnd an. »Wollen Sie mit rauf kommen?«

»Stopp, Sonny!«, lachte der Portier, der sein Fenster aufgestoßen hatte und uns mit rollenden Augäpfeln und blitzenden Zähnen nachrief: »Was ist los?«

»Nix ist los! Hab' einen Gast!«, sagte der kleine Junge kurz angebunden, wie er es den Erwachsenen abgelauscht haben mochte. Der Portier grinste und schob sein Guckfenster wieder zu. Während wir uns mit dem Weihnachtsbaum in einen der beiden Aufzüge drängten, konnte ich den Kleinen im hellen Licht der Deckenbeleuchtung besser sehen, doch den Kopf hatte er gesenkt. Dann sagte er: »Ich heiße gar nicht Sonny. Ich heiße Gerald. Gerald A. Bishop. Das A bedeutet Arthur.« Dabei schaute er auf, und nun sah ich, was für strahlend große blaue Augen er hatte, die unter seinem weißblonden, etwas struppigen Haar ernst und erwartungsvoll dem fremden Mann ins Gesicht blickten, der seinen Weihnachtsbaum trug.

»Ich heiße Victor Graham«, antwortete ich. Er nickte. Der Lift hielt, wir stiegen aus, und während er einen Schlüssel an einer endlos langen Kette aus der Hosentasche zog, sah ich, dass in einem Blechrahmen eine Visitenkarte steckte – mit dem

Namen eines nicht ganz unbekannten Schauspielers, der vorübergehend »off Broadway« in einem Schauspiel mitwirkte. Dass ich es wusste, hing einfach mit meinem Beruf zusammen. Ich war Dramatiker.

Gerald hatte inzwischen Licht gemacht und seinen Karton vorsichtig auf den Flurtisch gelegt. Dann nahm er mir den Baum ab und lehnte ihn gegen die Garderobe. Ich sah mich um: zwischen dem Vorflur und dem großen Wohnraum war keine Tür. Die Wohnung war modern, aber kalt und unpersönlich.

»Wollen Sie sich nicht ausruhen?«, schlug Gerald vor. »Es war ziemlich weit für Sie! Mir macht es nichts aus – ich bin's gewohnt!«

Anscheinend wurde er jetzt, da er den Baum in Sicherheit wusste, etwas gesprächiger. »Ich bin's auch gewohnt, weit zu laufen«, entgegnete ich, »weil ich auf dem Land wohne und es weit bis zum Dorf habe«.

»Soll ich Ihnen mal die Kugeln zeigen?«, fragte er, holte den Karton und setzte sich wieder, ihn vorsichtig öffnend. Ich hätte es mir fast denken können: es waren regelrechte Hausgreuel – nicht etwa einfache Glaskugeln, sondern Gebilde mit einer Delle, in der eine Blume oder ein Tier oder gar eine ganze Landschaft zu sehen war.

»Teuer?«, fragte ich.

Er nickte, sah die Kugeln liebevoll an und sagte: »Wir hatten noch schöneren Schmuck, auch Glöckchen, die sich über Kerzen drehten und bimmelten, und Zwerge und rote Pilze!«

»Wo sind die jetzt?«, wagte ich behutsam zu fragen.
»Sie hat's alles weggepackt!«
»Deine Tante?«
Er nickte. Dann stülpte er vorsichtig den Deckel über seine Schätze – und im gleichen Moment flog draußen eine Lifttür zu, ein Schlüssel wurde herumgedreht, und ein schwarzweißes Ungetüm raste bellend ins Zimmer, stutzte, knurrte und sprang mir mit den Vorderpfoten auf die Schultern. Ich saß wie angenagelt.
»Micky, lass das!«, schrie mein kleiner Freund und versuchte, die Dogge am Halsband wegzuzerren. Doch dafür hatte er nicht genug Kraft, und schon rief auch Geralds Onkel: »Was ist denn hier los? Was suchen Sie hier? Was fällt dir ein, Gerald, fremde Leute ins Haus zu lassen?«
»Rufen Sie sofort den Hund weg!«, entgegnete ich ärgerlich.
»Wie kommt die Tanne hierher?«, fragte die Dame, eine schlanke Blondine.
Bei dem Aufruhr war Gerald der Karton aus der Hand gefallen und hatte sich geöffnet. Wütend fuhr er den Herrn an: »Da! Sieh mal, du! Du hast mir meine schönste Kugel zertrampelt!«
»Micky! Micky!«, rief die Dame, und der Hund ließ endlich von mir ab, stand aber noch misstrauisch vor mir, sodass ich mich nicht zu rühren wagte.
»Vielleicht darf ich Ihnen jetzt erklären, weshalb ich hier bin?«, fragte ich spöttisch und erhob mich, worauf der Hund

von Neuem zu knurren begann. Ich berichtete mit wenigen Worten, und die Dame blickte Gerald zornig an.

»Wir haben dir doch gesagt, dass wir keinen Weihnachtsbaum in dieser fremden Wohnung wünschen! Du musst endlich einsehen lernen, dass nicht alles nach deinem Kopf geht. Deine Mutter hat dich eben ...«

»Lass das jetzt, Laura!«, sagte ihr Mann, der gesehen hatte, wie der Kleine die Fäuste ballte.

Ich hätte mich verabschieden sollen, aber ich brachte es nicht fertig. Ich hatte Mitleid mit dem kleinen Kerl. Irgendetwas bewog mich, den lächerlichen Anblick wettzumachen, den ich wohl bei der Attacke des Hundes geboten hatte. Ich zog meine Brieftasche heraus und gab dem Schauspieler meine Karte.

»Victor Graham«, las er flüchtig. Dann noch einmal: »Victor Graham? Was? Sind Sie etwa ... Denk dir, Laura, es ist Mr. Graham, der mit seinem Stück den großen Erfolg off Broadway hatte!«

Die beiden waren wie umgewandelt. »Bitte legen Sie Ihren Mantel ab!« – »So dürfen Sie nicht gehen!« – »Machen Sie uns die Freude, einen Drink anzunehmen!«, redeten beide abwechselnd auf mich ein, während Gerald, unbekümmert um das neue Gezeter, aber besorgt um seine schönen Kugeln, den Karton in Sicherheit brachte.

Bald saßen wir in bequemen Ledersesseln. Das Ehepaar konnte sich nicht genugtun, sich im besten Licht vor mir zu zeigen. Sie sprachen von der anstrengenden Arbeit im Theater, von dem Unglück, das der Mutter des Kleinen zugestoßen war, sodass sie »nun auch noch diese Belastung« hatten, und dass sie zum Heiligen Abend in einer Matinée auftreten und hinterher zu einer Party gehen müssten. »Und am ersten Feiertag haben wir selber vierundzwanzig Gäste – was sollen wir da mit einem Baum?«

»Ist die Mutter verunglückt?«, warf ich leise ein.

»Ja, auf der Straße. Beim Überqueren. Nicht auf dem Fußgängerstreifen. Genauso eigenwillig wie der Junge! Wir wissen gar nicht, wo wir Gerald solange lassen sollen. Die Wohnung ist zu klein ...«

Gerald schleppte gerade seinen Baum mit siegesgewisser Miene durchs Zimmer und stieß die Tür zu seinem kleinen Raum auf. »Halt, Gerald, es geht nicht, dass du den Baum in dein Zimmer stellst! Erstens ist es viel zu eng, und zweitens soll es übermorgen als Garderobe dienen.«

»Ich will aber!« Plötzlich rannte Gerald auf mich zu und warf mir die Arme um den Hals. Ich nahm sie sachte herunter, streichelte ihn und zog ihn auf meinen Schoß, was er sich gefallen ließ, denn er weinte.

»Geben Sie ihn mir während der Festtage als Weihnachtsgast!«, schlug ich vor. »Dann haben Sie eine Sorge weniger – und meine Frau wird sich freuen. Wir wohnen auf dem Land, in Baysham, allein. Ich fahre morgen.«

Gerald hatte den Kopf gehoben und sah mich an. »In den Wald?«, fragte er atemlos. »Fahren Sie in den Wald? Zeigen Sie mir die Rehe?«

Ich nickte. Das Ehepaar blickte sich an. Die junge Frau warf einen kühlen Blick auf Gerald. Offenbar war sie nicht kinderlieb. In ihrer blonden Blässe wirkte sie seltsam kalt und unmenschlich. »Es wäre uns eine große Erleichterung«, sagte ihr Mann. »Wir könnten ihn wieder abholen, wenn hier bei uns der Trubel vorbei ist – damit Sie den Weg nicht zweimal machen müssen!«

Ich gab ihm meine Telefonnummer und meine Adresse.

Gerald umklammerte meinen Arm mit beiden Händen. »Gehen wir – jetzt gleich?«, fragte er ungeduldig. »Ich muss aber meine Kugeln mitnehmen ... und, oh ... der Baum ... geht der in den Bus?« Er war dem Weinen nahe.

»Der Baum nicht, aber wenn du mir helfen willst, holen wir eine große Tanne aus meinem Wald«, sagte ich. »Gleich morgen Nachmittag!«

Gerald strahlte. Die junge Frau blickte ihn stirnrunzelnd an. Dann wandte sie sich liebenswürdig an mich: »Wann geht Ihr Bus? Könnten Sie den Jungen abholen?«

Wir vereinbarten alles für den nächsten Morgen, und sie luden mich ein, im neuen Jahr als Ehrengast zu einer Party zu ihnen zu kommen.

Ich nickte. Ich hatte andere Sorgen. Was würde meine Frau zu der Überraschung sagen? Ich musste sie gleich morgen früh anrufen und sie vorbereiten. Vielleicht war der Kleine ein Allheilmittel für sie?

Der Gedanke an Doris ließ mich schlecht schlafen. Immer wieder legte ich mir die Worte zurecht, die ich am Telefon benutzen wollte. – Während ich am nächsten Morgen auf die Verbindung wartete, sah ich Doris in Gedanken vor mir. Vielleicht saß sie schon in der Frühstücksnische, die zu den gemütlichsten Räumen unseres New-England-Hauses gehörte. Im Geist sah ich das Haus, die dunkelrot gestrichenen Holzplanken mit den weißen Verzierungen, die Jack für uns geschnitzt hatte. Jack war früher als Schiffszimmermann auf einem »Windjammer«, einem der letzten alten Segelschiffe, gefahren, und als er zu alt wurde, hatte er sich in unserm Dorf zur Ruhe gesetzt und die schönsten Schnitzereien angefertigt: Girlanden aus Früchten und Blumen krönten unsre Haustüren, an den Pfosten lugte ein Fuchs aus dem Blattwerk, eine Schlange ringelte sich um einen Apfelbaum. Gerald würde staunen, dachte ich.

Das Telefon neben meinem Hotelbett läutete, wie es auch bei uns in Baysham durch die Küche schrillen mochte. Wahrscheinlich stand Doris jetzt auf, ging zum Telefon und nahm mit einer ihrer lässigen Bewegungen den Hörer ab. – »O, du bist's, Victor? Du kommst doch hoffentlich? Es ist zu einsam ohne dich! Gerade fängt es wieder an zu schneien. Die Vögel flüchten sich schon unters Vordach ... Wie? Die Blaumeisen und ein roter Kardinal ... Ja, ich fahre ins Dorf und hole dich ab, natürlich! An der Post. Was? Du bringst jemanden mit? Ach, warum denn? Ich mag keine fremden Leute, das weißt du doch! Was? Anders als andre? Weihnachtsgebäck und Kuchen, sagst du? Warum? Wie lange bleibt er? Und wo soll der Herr schlafen? Im grünen Gastzimmer? Ja, ich werde den Radiator aufdrehen. Victor ... Also gut! Viertel nach zwei.«

Ich hatte ihr nicht gesagt, dass Gerald kein Herr, sondern ein sechsjähriger Junge war. Teils war es Feigheit, teils Zufall. Ich durfte sie nicht gleich zu sehr erschrecken. Im Geiste sah ich, wie sie den Hörer auflegte und einen langen Blick auf das Foto warf, das neben dem Apparat auf dem Tischchen stand. Es zeigte ein kleines Mädchen mit dunklem Haar und schwarzen Brombeeraugen, das einen Teddy ans Herz drückte und zutraulich lächelte. Wir hatten vor einem Jahr unser Töchterchen verloren. An Polio. Die Ärzte hatten gesagt, wenn sie am Leben geblieben wäre, hätte sich ein Gehirnschaden ausgewirkt ... Und doch, es war ein schlechter Trost. Doris konnte nicht darüber hinwegkommen. Aber vielleicht ... Meine Hoffnung auf Gerald ließ sich nicht unterdrücken.

Und sie wuchs, meine Hoffnung, als ich den kleinen Jungen abholte und dann im hellen Tageslicht neben ihm im Greyhound-Bus saß. Er strahlte – wie von innen leuchtend. Als der Bus anfuhr, nahm er meine Hand und presste sie an seine Wange. Dann seufzte er tief und lachte.

Ein Menschenkind hatte ich glücklich gemacht –, ob es mir auch bei Doris glücken würde? Während wir über die eiligen Landstraßen fuhren, flog mein Herz ihr entgegen, die ich noch tiefer liebte, seit wir um unser Kind trauerten. Ich dachte an ihre großen braunen Augen. Früher konnten sie tanzen in stillem Leuchten.

Ich hing meinen Gedanken nach, Gerald störte mich nicht. Atemlos beobachtete er alles, was an den Fenstern vorbeizog. Als ich ihn fragte, ob er denn nie auf Reisen gewesen sei, schüttelte er den Kopf, ohne den Blick vom Fenster abzuwenden. »Vielleicht ganz früher, als Dad noch da war?«

»Wo ist dein Vater jetzt?«

»Weg«, sagte er. »Manchmal habe ich gedacht, vielleicht kommt er, weil ich jetzt so allein bin. Aber in unsere Wohnung sind andre Leute eingezogen, und Dad ist nie mehr wiedergekommen.« Plötzlich packte er meinen Arm. »Sieht Ihre Frau so aus wie meine Tante Laura?«

Ich lachte, obwohl ich betroffen war. »Ganz anders, ganz, ganz anders«, versicherte ich ihm. Er blickte mich forschend an, und mein Gesichtsausdruck schien ihn zu befriedigen.

Als der Bus eine Lunchpause einschob, beobachte ich mit Vergnügen, wie wenig scheu Gerald war. Mit der Mischung aus Ernst und Unschuld sah er bezaubernd aus.

Endlich näherten wir uns dem Dorf, an dessen Außenrand unser Haus lag. Der Bus hielt. Gerald kletterte hinter mir die Stufen hinunter und trug sein Köfferchen. Er folgte mir zum

Wagen. Doris war ausgestiegen, um den Kofferraum aufzuschließen. Dann drehte sie sich um – und sah neben mir den kleinen Gast. Sie griff sich ans Herz.

Ehe ich etwas sagen konnte, war Gerald schon auf sie zugelaufen. »Besten Dank, dass ich kommen durfte, Mrs. Graham. Ich habe nämlich ... meine Mutter ist nämlich ...« Er sah sie an und betrachtete ihre traurigen Augen. »Ich habe Ihnen etwas mitgebracht!« Und schon kniete er auf dem verschneiten Postplatz, öffnete seinen Koffer und holte den weißen Karton mit den Weihnachtskugeln hervor. Er beobachtete die Wirkung, die sein Geschenk bei Doris hervorrief. Als sie lächelte, seufzte er, halb zufrieden und halb Abschied nehmend von seinem Schatz.

Am Tag nach Weihnachten fand ein langes Telefongespräch mit New York statt. Das junge Schauspielerpaar begriff erfreulich rasch, dass wir Gerald als lieben Gast ein paar Jahre bei uns behalten wollten. Sie baten nur, dass ich die Regelung mit den Behörden übernehmen möge.

Und Gerald? Für ihn waren wir schon am ersten Tag Vic und Doris geworden.

Ein frühreifes Kind

MAEVE BINCHY

5 Minuten

Als ich noch jung und verwöhnt war, anstatt alt und verwöhnt zu sein, beschloss ich einmal am Tag vor Weihnachten spätabends, all meine früheren Briefe an den Weihnachtsmann zu widerrufen und ihn um ein Puppenhaus zu bitten. Umständlich und mit vielen Entschuldigungen schrieb ich ihm, legte meinen Brief auf den Kaminsims und löste damit, während ich glücklich zu Bett ging, Traurigkeit und Verstörung bei denen aus, die mir bereits eine hübsche Schiefertafel und 50 Stück Kreide gekauft hatten.

Einem Kind konnte man doch das Weihnachtsfest nicht verderben, sagten sie sich, aber andererseits hatten alle Geschäfte schon geschlossen, und ein Puppenhaus war nicht mehr zu bekommen. So versuchten meine Eltern, selbst eines zu bauen. Viele Stunden mühten sie sich mit einer großen Schachtel ab, bemalten sie weiß, schnitten Fenster hinein und klebten Schornsteine an, die immer wieder herunterfielen. Eine der seltenen Streitereien ihres Ehelebens entstand über ihrer Unfähigkeit, so etwas Einfaches wie ein Puppenhaus zu bauen.

»Jungen sollten handwerkliches Arbeiten in der Schule gelernt haben«, stöhnte meine Mutter, als die Vorderseite des Hauses einmal mehr zusammenklappte.

»Frauen sollte sich mit Kinderspielzeug auskennen«, versetzte mein Vater, als er abermals den Topf mit Klebstoff hervorholte. Dann überlegten sie, ob sie mit Stroh arbeiten und ein Puppenhaus im hawaiianischen Stil basteln sollten, aber das wäre womöglich keine gute Idee gewesen, falls ich noch nie etwas von Häusern in Polynesien gehört hätte.

»Für all das Geld, das wir für diese teure Schule bezahlen, sollten sie ihr das eigentlich beigebracht haben«, sagte mein Vater. Aber das Stroh war ohnehin feucht, daher wurde diese Idee wieder fallen gelassen.

Ein Puppeniglu mit Watte als Schnee wurde in Erwägung gezogen und wieder verworfen. Ein Puppentipi schien eine gute Idee, wenn sie passend dazu eine Puppe als Indianerin verkleideten. Aber dafür brauchte man Baumrinde, Felle oder Leinen. Deshalb mussten sie diesen Plan ebenfalls aufgeben, denn sie hatten vorgehabt, es aus einem Bettlaken zu basteln. Beide dachten nun wehmütig an meine jüngere Schwester, die so viel einfacher zufriedenzustellen war – und immer noch ist. Sie wäre schon mit einem Teddybär oder einer Rassel glücklich gewesen, ja sogar ganz ohne Geschenk.

»Lass uns fair sein«, sagte mein Vater. »Sie ist erst zwei. Maeve ist sechs.«

»Ich frage mich, ob es überhaupt normal für ein sechsjähriges Mädchen ist, sich ein Puppenhaus zu wünschen«, sagte meine Mutter. So verbrachten sie eine weitere Stunde damit, die Kapitel über normale Sechsjährige in den Ratgebern von Dr. Spock und ähnlichen Kapazitäten zu durchforsten, kamen zu dem Schluss, dass mein Wunsch lediglich lästig, aber völlig normal war, und machten schließlich wieder an die Arbeit.

Sie holten Ziegel und Steine aus dem Garten. Sie zogen das Buch ›Tausend Dinge, die ein Junge machen kann‹ zu Rate, fanden darin aber nichts über die Herstellung eines Puppenhauses. Mit Interesse las mein Vater, dass eines der tausend Dinge, die ein Junge machen kann, darin besteht, einen Tunnel im Garten zu graben, mit dem sich Blumenbeete bewässern lassen. »Das ist genau das, was wir an Weihnachten brauchen«, seufzte meine Mutter, »dass dir die Nachbarn dabei zusehen, wie du die Blumenbeete mit unterirdischen Tunnels bewässerst«.

Es war kurz vor Tagesanbruch. Das dicke Engelchen schlief tief und fest ohne die geringste Ahnung von irgendeinem Problem. Sie schlichen in mein Kinderzimmer, stellten die Schiefertafel auf und schrieben mit Kreide eine Nachricht darauf. »Liebe Maeve. Euer Kamin ist zu eng, und das Puppenhaus passt nicht hindurch. Bitte sei nicht traurig. Es wird als Extrageschenk irgendwann im Januar bei dir eintreffen. Du bist ein braves Mädchen. Alle Rentiere fragen nach dir. Alles Liebe vom Weihnachtsmann.«

Es war Morgen, und mit leuchtenden Augen trommelte ich auf meine Eltern ein, damit sie aufwachten. Nach gerade einmal zwei Stunden Schlaf war das gar nicht so leicht für sie. Sie wirkten erschrocken. Würde ich drohen, von zu Hause auszuziehen? Gab es Tränen und Wutanfälle, die allen den Tag verderben würden? Keineswegs!

»Ihr werdet es nicht glauben!«, rief ich. »Der Weihnachtsmann hat mir eine Nachricht hinterlassen. In seiner eigenen Handschrift! Sie steht auf einer alten Schiefertafel oder sowas, aber sie ist sicher sehr wertvoll. Bisher hat noch niemand die Handschrift des Weihnachtsmanns gesehen. Wir müssen die Nachricht allen zeigen. Wir könnten sie auch an ein Museum ausleihen!«

Es wurde ein schönes Weihnachtsfest, wie alle Weihnachten, die wir gemeinsam verbracht haben. Das einzige, was mich in dieser Jahreszeit immer ein wenig traurig stimmt, ist, dass ich vergessen haben könnte, ihnen zu sagen, wie sehr ich sie ... aber vielleicht wussten sie es auch so.

Besinnliches und Hintersinniges

Der Weihnachtsengel

WALTER BENJAMIN

3 Minuten

Mit den Tannenbäumen begann es. Eines Morgens, noch ehe Ferien waren, hafteten an den Straßenecken die grünen Siegel, die die Stadt wie ein großes Weihnachtspaket an hundert Ecken und Kanten zu sichern schienen. Dann barst sie eines schönen Tages dennoch und Spielzeug, Nüsse, Stroh und Baumschmuck quollen aus ihrem Innern: der Weihnachtsmarkt. Mit ihnen quoll noch etwas anderes hervor: die Armut. Wie nämlich Äpfel und Nüsse mit ein wenig Schaumgold neben dem Marzipan sich auf dem Weihnachtsteller zeigen durften, so auch die armen Leute mit Lametta und bunten Kerzen in den bessern Vierteln. Die Reichen schickten ihre Kinder vor, um jenen der Armen wollene Schäfchen abzukaufen oder Almosen auszuteilen, die sie selbst vor Scham nicht über ihre Hände brachten. Inzwischen stand bereits auf der Veranda der Baum, den meine Mutter insgeheim gekauft und über die Hintertreppe in die Wohnung hatte bringen lassen. Und wunderbarer als alles, was das Kerzenlicht ihm gab, war, wie das nahe Fest in seine Zweige mit jedem Tage dichter sich verspann. In den Höfen begannen die Leierkästen die letzte Frist mit Chorälen zu dehnen.

Endlich war sie dennoch verstrichen und einer jener Tage wieder da, an deren frühesten ich mich hier erinnere. In meinem Zimmer wartete ich, bis es sechs werden wollte. Kein Fest des späteren Lebens kennt diese Stunde, die wie ein Pfeil im Herzen des Tages zittert. Es war schon dunkel, trotzdem entzündete ich nicht die Lampe, um den Blick nicht von den Fenstern überm Hof zu wenden, hinter denen nun die ersten Kerzen zu sehen waren. Es war von allen Augenblicken, die das Dasein des Weihnachtsbaumes hat, der bänglichste, in dem er Nadeln und Geäst dem Dunkel opfert, um nichts zu sein als ein unnahbares, doch nahes Sternbild im trüben Fenster einer Hinterwohnung. Und wie ein solches Sternbild hin und wieder eins der verlassnen Fenster begnadete, indessen viele weiter dunkel blieben und andere, noch trauriger, im Gaslicht der frühen Abende verkümmerten, schien mir, dass diese weihnachtlichen Fenster die Einsamkeit, das Alter und das Darben – all das, wovon die armen Leute schwiegen – in sich fassten. Dann fiel mir wieder die Bescherung ein, die meine Eltern eben rüsteten.

Kaum aber hatte ich so schweren Herzens wie nur die Nähe eines sichern Glücks es macht, mich von dem Fenster abgewandt, so spürte ich eine fremde Gegenwart im Raum. Es war nichts als ein Wind, so dass die Worte, die sich auf meinen Lippen bildeten, wie Falten waren, die ein träges Segel plötzlich vor einer frischen Brise wirft:

»Alle Jahre wieder
Kommt das Christuskind
Auf die Erde nieder
Wo wir Menschen sind«

– mit diesen Worten hatte sich der Engel, der in ihnen begonnen hatte, sich zu bilden, auch verflüchtigt. Nicht mehr lange blieb ich im leeren Zimmer. Man rief mich in das gegenüberliegende, in dem der Baum nun in die Glorie eingegangen war, welche ihn mir entfremdete, bis er, des Untersatzes beraubt, im Schnee verschüttet oder im Regen glänzend, das Fest da endete, wo es ein Leierkasten begonnen hatte.

Was war das für ein Fest?

MARIE LUISE KASCHNITZ

Der kleine Junge hockte auf dem Fußboden und kramte in einer alten Schachtel, aus der er einiges zutage förderte, ein paar Röllchen schmutzige Nähseide, ein verbogenes Wägelchen und einen silbernen Stern.
Was ist das? fragte er und hielt den Stern hoch in die Luft.
Die Küchenmaschinen surrten, der Fernsehapparat gab Männergeschrei und Schüsse von sich, vor dem großen Fenster bewegten sich die kleinen Stadthubschrauber vorsichtig auf und ab. Der Junge stand auf und ging unter die Neonröhre, um den Stern, der aus einer Art von Glaswolle bestand, genau zu betrachten.
Was ist das? Fragte er noch einmal. Entschuldige, sagte die Mutter am Telefon, das Kind plagt mich, ich rufe dich später noch einmal an. Damit legte sie den Hörer hin, schaute herüber und sagte: Das ist ein Stern. Sterne sind rund, sagte der kleine Junge.
Zeig mal, sagte die Mutter und nahm dem Jungen den Stern aus der Hand. Es ist ein Weihnachtsstern, sagte sie. Ein was? Fragte das Kind. Jetzt hab' ich es satt, schrie der Mann auf der Fernsehscheibe und warf seinen Revolver in den Spiegel, was

beträchtlichen Lärm verursachte. Die Mutter drückte auf eine Taste, der Lärm hörte auf, und das Bild erlosch.

Etwas von früher, sagte sie in die Stille hinein. Von einem Fest. Was war das für ein Fest? Fragte der kleine Junge. Ein langweiliges, sagte die Mutter schnell. Die ganze Familie stand in der Wohnstube um einen Baum herum und sang Lieder, oder die Lieder kamen aus dem Fernsehen, und die ganze Familie hörte zu.

Wieso um einen Baum? sagte der kleine Junge, der wächst doch nicht im Zimmer. Doch, sagte die Mutter, das tat er, an einem bestimmten Tag im Jahr. Es war eine Tanne, die man mit brennenden Lichtern oder mit kleinen bunten Glühbirnen besteckte und an deren Zweige man bunte Kugeln und glitzernde Ketten hängte.

Das kann doch nicht wahr sein, sagte das Kind. Doch, sagte die Mutter, und an der Spitze des Baumes befestigte man den Stern. Er sollte an den Stern erinnern, dem die Hirten nachgingen, bis sie den kleinen Jesus in seiner Krippe fanden. Den kleinen Jesus, sagte das Kind aufgebracht, was soll denn das nun wieder sein? Das erzähle ich dir ein andermal, sagte die Mutter, die sich an die alte Geschichte erinnerte, aber nicht genau. Der Junge wollte aber von den Hirten und der Krippe gar nichts hören. Er interessierte sich nur für den Baum, der im Zimmer wuchs und den man verrückterweise mit brennenden Lichtern oder mit kleinen Glühbirnen besteckt hatte. Das muss doch ein schönes Fest gewesen sein, sagte er nach einer Weile.

Nein, sagte die Mutter heftig. Es war langweilig. Alle hatten Angst davor und waren froh, wenn es vorüber war. Sie konnten den Tag nicht abwarten, an dem sie dem Weihnachtsbaum seinen Schmuck wieder abnehmen und ihn vor die Tür stellen konnten, dürr und nackt. Und damit streckte sie ihre Hand nach den Tasten des Fernsehapparates aus.

Jetzt kommen die Marspiloten, sagte sie. Ich will aber die Marspiloten nicht sehen, sagte der Junge. Ich will einen Baum, und ich will wissen, was mit dem kleinen Sowieso war. Es war, sagte die Mutter ganz unwillkürlich, zur Zeit des Kaisers Augustus, als alle Welt geschätzt wurde.

Aber dann erschrak sie und war wieder still. Sollte das alles noch einmal von vorne anfangen, zuerst die Hoffnung und die Liebe und dann die Gleichgültigkeit und die Angst? Zuerst die Freude und dann die Unfähigkeit, sich zu freuen, und das Sichloskaufen von der Schuld? Nein, dachte sie, ach nein. Und damit öffnete sie den Deckel des Müllschluckers und gab ihrem Sohn den Stern in die Hand. Sieh einmal, sagte sie, wie alt er schon ist, wie unansehnlich und vergilbt. Du darfst ihn hinunterwerfen und aufpassen, wie lange du ihn noch siehst. Das Kind gab sich dem neuen Spiel mit Eifer hin.

Es warf den Stern in die Röhre und lachte, als er verschwand. Aber als es draußen an der Wohnungstür geklingelt hatte und die Mutter hinausgegangen war und wiederkam, stand das Kind wie vorher über den Müllschlucker gebeugt. Ich sehe ihn immer noch, flüsterte es, er glitzert, er ist immer noch da.

Worüber das Christkind lächeln musste

KARL HEINRICH WAGGERL

4 Minuten

Als Josef mit Maria von Nazareth her unterwegs war, um in Bethlehem anzugeben, dass er von David abstamme, was die Obrigkeit so gut wie unsereins hätte wissen können, weil es ja längst geschrieben stand – um jene Zeit also kam der Engel Gabriel heimlich noch einmal vom Himmel herab, um im Stalle nach dem Rechten zu sehen. Es war ja sogar für einen Erzengel in seiner Erleuchtung schwer zu begreifen, warum es nun der allererbärmlichste Stall sein musste, in dem der Herr zur Welt kommen sollte, und seine Wiege nichts weiter als eine Futterkrippe. Aber Gabriel wollte wenigstens noch den Winden gebieten, dass sie nicht gar zu grob durch die Ritzen pfiffen, und die Wolken am Himmel sollten nicht gleich wieder in Rührung zerfließen und das Kind mit ihren Tränen überschütten, und was das Licht in der Laterne betraf, so musste man ihm noch einmal einschärfen, nur bescheiden zu leuchten und nicht etwa zu blenden und zu glänzen wie der Weihnachtsstern.

Der Erzengel stöberte auch alles kleine Getier aus dem Stall, die Ameisen und Spinnen und die Mäuse, es war nicht auszudenken, was geschehen konnte, wenn sich die Mutter Maria vielleicht vorzeitig über eine Maus entsetzte! Nur Esel und Ochs durften bleiben, der Esel, weil man ihn später ohnehin für die Flucht nach Ägypten zur Hand haben musste, und der Ochs, weil er so riesengroß und so faul war, dass ihn alle Heerscharen des Himmels nicht hätten von der Stelle bringen können.

Zuletzt verteilte Gabriel noch eine Schar Engelchen im Stall herum auf den Dachsparren, es waren solche von der feinen Art, die fast nur aus Kopf und Flügeln bestehen. Sie sollten ja auch bloß still sitzen und achthaben und sogleich Bescheid geben, wenn dem Kinde in seiner nackten Armut etwas Böses drohte. Noch ein Blick in die Runde, dann hob der Mächtige seine Schwingen und rauschte davon.

Gut so. Aber nicht ganz gut, denn es saß noch ein Floh auf dem Boden der Krippe in der Streu und schlief. Dieses winzige Scheusal war dem Engel Gabriel entgangen, versteht sich, wann hatte auch ein Erzengel je mit Flöhen zu tun! Als nun das Wunder geschehen war, und das Kind lag leibhaftig auf dem Stroh, so voller Liebreiz und so rührend arm, da hielten es die Engel unterm Dach nicht mehr aus vor Entzücken, sie umschwirrten die Krippe wie ein Flug Tauben. Etliche fächelten dem Knaben balsamische Düfte zu, und die anderen zupften und zogen das Stroh zurecht, damit ihn ja kein Hälmchen drücken oder zwicken möchte.

Bei diesem Geraschel erwachte aber der Floh in der Streu. Es wurde ihm gleich himmelangst, weil er dachte, es sei jemand

hinter ihm her, wie gewöhnlich. Er fuhr in der Krippe herum und versuchte alle seine Künste, und schließlich, in der äußersten Not, schlüpfte er dem göttlichen Kinde ins Ohr.
»Vergib mir!« flüsterte der atemlose Floh. »Aber ich kann nicht anders, sie bringen mich um, wenn sie mich erwischen. Ich verschwinde gleich wieder, göttliche Gnaden, lass mich nur sehen, wie!«
Er äugte also umher und hatte auch gleich seinen Plan. »Höre zu«, sagte er, »wenn ich alle Kraft zusammennehme, und wenn du stille hältst, dann könnte ich vielleicht die Glatze des Heiligen Josef erreichen, und von dort weg kriege ich das Fensterkreuz und die Tür«.
»Spring nur!« sagte das Jesuskind unhörbar. »Ich halte still!«
Und da sprang der Floh. Aber es ließ sich nicht vermeiden, dass er das Kind ein wenig kitzelte, als er sich zurechtrückte und die Beine unter den Bauch zog.
In diesem Augenblick rüttelte die Mutter Gottes ihren Gemahl aus dem Schlaf.
»Ach, sieh doch!« sagte Maria selig. »Es lächelt schon!«

Die Versuchung

R. Sprung

Es war im Winter 1946, am ersten Advent. Meine Frau hatte unseren letzten Damastbezug mit zwei Kopfkissen bei einer Fahrt aufs Land eingetauscht. Ein Pfund Mehl, ein Viertelliter Öl und eine Handvoll Zucker waren davon noch übrig. Sie hatte mir nichts davon gesagt. Ich wog damals ganze 104 Pfund und litt beständig an einem nagenden Hungergefühl. Am Abend vor dem ersten Advent sagte meine Frau beim Schlafengehen: »Morgen backe ich einen Kuchen.« Sie lachte dabei und ich dachte, sie scherzte nur. Aber in der Nacht träumte ich vom Kuchen. Als ich am Morgen erwachte, war das Bett neben mir leer und – die ganze Wohnung roch nach frisch gebackenem Kuchen. Ich lief zur Küche hinüber. Da stand das Wunderwerk auf dem Tisch, braun und knusprig, und meine Frau stand daneben und lachte über das ganze Gesicht.
Zum Frühstück gab es Maisbrot mit Rübenmarmelade und schwarze Kaffeebrühe. Danach zogen wir die Mäntel an und gingen zum Gottesdienst. Vor der Kirchentür trafen wir mit den Müllers zusammen. Wir hatten die Müllers im vergangenen Winter in der Bibelstunde kennengelernt und sie seitdem nur einige Male von Weitem gesehen. Eine flüchtige, oberflächliche

Bekanntschaft. Sie hatten nie besonders gut ausgesehen, aber an jenem Morgen glichen sie, blass und abgemagert, Schwindsüchtigen im letzten Stadium. Wahrscheinlich ging meiner Frau der Anblick der beiden Elendsgestalten ebenso zu Herzen wie mir, denn sie sagte, kaum dass wir uns die Hände geschüttelt hatten: »Besuchen Sie uns einmal. Aber recht bald. Sie würden uns eine große Freude damit machen.« Die Augen in Frau Müllers magerem Gesicht begannen zu strahlen und Herr Müller lächelte. Während der Predigt wurden meine Gedanken mit magischer Kraft zum Kuchen gezogen. Endlich war es dann so weit. Die Stube roch nach Kerzen und Tannengrün. Das gute Geschirr stand auf dem blütenweißen Damasttuch und der Tee kochend heiß unter der Haube. Meine Frau nahm das Messer, um den Kuchen anzuschneiden – da schrillte die Klingel. Wir saßen sekundenlang wie erstarrt. »Die Müllers«, sagte sie erbleichend. »Hätten wir doch heute Morgen …« »Vielleicht gehen sie wieder weg«, gab ich zu bedenken, obwohl ich nicht daran glaubte. Beim dritten Klingeln schlich ich auf Strümpfen zur Tür. »Sie sind nicht zu Hause«, hörte ich Frau Müller sagen. Ihre Stimme klang so enttäuscht, dass es mir ins Herz schnitt. Ich schämte mich vor mir selbst. Aber ich war viel zu gierig, um auch nur die Möglichkeit zu erwägen, den Kuchen mit den beiden Ärmsten zu teilen. Ich schlich ins Zimmer zurück und sagte ratlos zu meiner Frau: »Sie gehen nicht weg. Was sollen wir denn jetzt tun?« In diesem Augenblick drang von draußen Frau Müllers Stimme in freudiger Erregung: »Du, da drinnen hat sich was bewegt.«

Jetzt war Eile geboten. »Schnell, schieb den Kuchen unters Sofa«, sagte meine Frau. Mit raschem Handgriff beförderte sie Messer und Kuchenteller in den Schrank. Dann ging sie hinaus, um zu öffnen. Ich heftete mich an ihre Fersen. Die Freude der Müllers war rührend. »Entschuldigen Sie bitte, dass wir Sie warten ließen«, sagte meine Frau. »Wir hatten uns nach dem Mittagessen etwas hingelegt.« Die beiden entschuldigten sich wortreich für die Störung. Alles wäre gut gegangen, wenn sie nur ihren Spitz nicht mitgebracht hätten. Pfeilgeschwind schoss das kleine Ungeheuer durch meine Beine hindurch, über die Türschwelle Richtung Sofa. Ich bekam ihn eben noch am Halsband zu fassen. Er gebärdete sich wie toll. Er versuchte, an meinen Beinen vorbeizukommen. Er benahm sich wie besessen, quietschte, fauchte, jaulte und knurrte, während er mit aller Kraft versuchte, meine Beine beiseitezuschieben. Das Müllersche Ehepaar, von dem Benehmen seines Hundes peinlich berührt, entschuldigte sich vielmals und beteuerte wie aus einem Munde, dass der Spitz sonst eigentlich immer echt brav wäre, während meine Stirn sich fühlbar mit kaltem Schweiß bedeckte. »Ist Ihnen nicht gut?«, fragte Herr Müller teilnehmend. »Das Kreuz«, erwiderte ich, »wir müssen anderes Wetter bekommen. Seit dem Krieg habe ich es mit dem Ischias.« Und dann war plötzlich alles aus. Ich bekam einen Krampf in beiden Unterschenkeln und spürte den Schmerz bis ins Kreuz hinauf. Vor meinen Augen tanzten feurige Kreise. Ich war am Ende meiner Kraft. Ich war an dem Punkt angelangt, wo einem alles gleichgültig wird. Mit letzter Kraft bückte ich mich, zog den Kuchen unterm Sofa hervor und stellte ihn auf den Tisch.

»Wir haben einen Kuchen gebacken«, sagte ich mit matter Stimme, ohne die Augen zu heben, »und wir haben ihn vor Euch versteckt, weil wir ihn allein essen wollten!«

Ich ließ den Kopf auf den Tisch fallen und heulte. Ich kann mich nicht erinnern, als erwachsener Mensch jemals geweint zu haben, obwohl der Krieg genügend Anlass geboten hätte. Aber dies hier war etwas anderes. Hier stand meine hartherzige Gier gegen Hunger, Hoffnung und gläubiges Vertrauen in den christlichen Bruder.

Als ich mich gefasst hatte und den Kopf hob, bemerkte ich, dass die anderen drei ebenfalls verweinte Augen hatten. Die schmächtige Frau Müller schluckte tapfer die Tränen hinunter und durchbrach als Erste den Bann des Schweigens: »Ich weiß, wie weh Hunger tut«, sagte sie schlicht, »ich hätte es wahrscheinlich genauso gemacht«. Und plötzlich begannen wir zu lachen, ganz grundlos, mehr aus Verlegenheit, aber es wurde ein befreiendes, frohes Lachen.

Sie wollten aufbrechen, aber davon konnte nun keine Rede mehr sein. Der Kuchen wurde angeschnitten. Und das Wunder geschah – ich verspürte bereits nach dem zweiten Stück ein lang entbehrtes Gefühl der Sättigung. Alle wurden satt. Sogar der Spitz bekam seinen Teil.

Märchen vom Auszug aller Ausländer

HELMUT WÖLLENSTEIN

3 Minuten

Es war einmal ..., so beginnt das Märchen »Von denen, die auszogen, weil sie das Fürchten gelernt hatten.«
Es war einmal ... – etwa drei Tage vor Weihnachten, spät abends. Über den Markplatz der kleinen Stadt kamen ein paar Männer gezogen. Sie blieben an der Kirche stehen und sprühten auf die Mauer »Ausländer raus« und »Deutschland den Deutschen«. Steine flogen in das Fenster des türkischen Ladens gegenüber der Kirche. Dann zog die Horde ab. Gespenstische Ruhe. Die Gardinen an den Bürgerhäusern waren schnell wieder zugefallen. Niemand hatte etwas gesehen.
»Los, kommt, es reicht, wir gehen«.
»Wo denkst du hin! Was sollten wir denn da unten im Süden?«
»...da unten? Das ist immerhin unsere Heimat. Hier wird es immer schlimmer. Wir tun einfach das, was da an der Wand geschrieben steht: ‚Ausländer raus!'«
Tatsächlich, mitten in der Nacht kam Bewegung in die kleine Stadt. Die Türen der Geschäfte sprangen auf: Zuerst kamen die Kakaopäckchen heraus mit den Schokoladen und

Pralinen in ihren Weihnachtsverkleidungen. Sie wollten nach Ghana und Westafrika, denn da waren sie zu Hause. Dann der Kaffee, palettenweise, der Deutschen Lieblingsgetränk; Uganda, Kenia und Lateinamerika waren seine Heimat. Ananas und Bananen räumten ihre Kisten, auch die Trauben und die Erdbeeren aus Südafrika. Fast alle Weihnachtsleckereien brachen auf, Pfeffernüsse, Spekulatius und Zimtsterne, denn die Gewürze in ihrem Inneren zog es nach Indien. Der Dresdner Christstollen zögerte. Man sah Tränen in seinen Rosinenaugen, als er zugab: Mischlinge wie mir geht's besonders an den Kragen. Mit ihm kamen das Lübecker Marzipan und der Nürnberger Lebkuchen. Nicht Qualität, nur Herkunft zählte jetzt. Es war schon in der Morgendämmerung, als die Schnittblumen nach Kolumbien aufbrachen und die echten Pelzmäntel mit Gold und Edelsteinen an ihrer Seite in teuren Chartermaschinen in alle Welt starteten.

Der Verkehr brach an diesem Tag zusammen. Lange Schlangen japanischer Autos, vollgestopft mit Optik und Unterhaltungselektronik krochen gen Osten. Am Himmel sah man die Weihnachtsgänse nach Polen fliegen, auf ihrer Bahn gefolgt von den feinen Seidenhemden und den Teppichen aus dem fernen Asien.

Mit Krachen lösten sich die tropischen Hölzer aus den Fensterrahmen und schwirrten zurück ins Amazonasbecken. Man musste sich vorsehen, um draußen nicht auszurutschen, denn von überall her quoll Öl und Benzin hervor, floss zu Bächen zusammen und strömte in Richtung Naher Osten. Doch man hatte bereits Vorsorge getroffen. Stolz holten die großen deutschen Autofirmen ihre Krisenpläne aus den Schubladen: Der alte Holzvergaser war ganz neu aufgelegt worden. Wozu ausländisches Öl?!

– Aber es half nichts, die VW's und die BMW's begannen sich aufzulösen in ihre Einzelteile, das Aluminium wanderte nach Jamaika, das Kupfer nach Somalia, ein Drittel der Eisenteile nach Brasilien, der Naturkautschuk nach Zaire. Und die Straßendecke hatte mit dem ausländischen Asphalt im Verbund auch immer ein besseres Bild abgegeben als heute.

Nach drei Tagen war der Spuk vorbei, der Auszug geschafft, gerade rechtzeitig zum Weihnachtsfest. Nichts Ausländisches war mehr im Land. Aber Tannenbäume gab es noch, auch Äpfel und Nüsse. Und »Stille Nacht« durfte gesungen werden – wenn auch nur mit Extragenehmigung, das Lied kam immerhin aus Österreich.

Nur eines wollte nicht so recht ins Bild passen. Maria, Josef und das Kind waren geblieben. Drei Juden. Ausgerechnet.

»Wir bleiben«, sagte Maria, »Wenn wir aus diesem Lande weggehen – wer will ihnen dann noch den Weg zurück zeigen, den Weg zurück zur Vernunft und zur Menschlichkeit?«

Monolog eines Kellners

HEINRICH BÖLL

5 Minuten

Ich weiß nicht, wie es hat geschehen können; schließlich bin ich kein Kind mehr, bin fast fünfzig Jahre und hätte wissen müssen, was ich tat – und hab's doch getan, noch dazu, als ich schon Feierabend hatte und mir eigentlich nichts mehr hätte passieren können. Aber es ist passiert, und so hat mir der Heilige Abend die Kündigung beschert. Alles war reibungslos verlaufen: Ich hatte beim Dinner serviert, kein Glas umgeworfen, keine Soßenschüssel umgestoßen, keinen Rotwein verschüttet, mein Trinkgeld kassiert und mich auf mein Zimmer zurückgezogen, Rock und Krawatte aufs Bett geworfen, die Hosenträger von den Schultern gestreift, meine Flasche Bier geöffnet, hob gerade den Deckel von der Terrine und roch: Erbsensuppe. Die hatte ich mir beim Koch bestellt, mit Speck, ohne Zwiebeln, aber sämig, sämig. Sie wissen sicher nicht, was sämig ist; es würde zu lange dauern, wenn ich es Ihnen erklären wollte: Meine Mutter brauchte drei Stunden, um zu erklären, was sie unter sämig verstand. Na, die Suppe roch herrlich, und ich tauchte die Schöpfkelle ein, füllte meinen Teller, spürte und sah, dass die Suppe richtig sämig war – da ging meine Zimmertür auf, und herein kam der

Bengel, der mir beim Dinner aufgefallen war: klein, blass, bestimmt nicht älter als acht, hatte sich den Teller hoch füllen und alles, ohne es anzurühren, wieder abservieren lassen: Truthahn und Kastanien, Trüffeln und Kalbfleisch, nicht mal vom Nachtisch, den doch kein Kind vorübergehen lässt, hatte er auch nur einen Löffel gekostet, ließ sich fünf halbe Birnen und 'nen halben Eimer Schokoladensoße auf den Teller kippen und rührte nichts, aber auch nichts an und sah doch dabei nicht mäklig aus, sondern wie jemand, der nach einem bestimmten Plan handelt. Leise schloss er die Tür hinter sich und blickte auf meinen Teller, dann mich an:»Was ist denn das?« fragte er.»Das ist Erbsensuppe«, sagte ich.»Die gibt es doch nicht«, sagte er freundlich,»die gibt es doch nur in dem Märchen von dem König, der sich im Wald verirrt hat.« Ich hab's gern, wenn Kinder mich duzen; die Sie zu einem sagen, sind meistens affiger als die Erwachsenen.»Nun«, sagte ich,»eins ist sicher: Das ist Erbsensuppe.« – »Darf ich mal kosten?« – »Sicher, bitte«, sagte ich,»setz dich hin.« Nun, er aß drei Teller Erbsensuppe, ich saß neben ihm auf meinem Bett, trank Bier und rauchte und konnte richtig sehen, wie sein kleiner Bauch rund wurde, und während ich auf dem Bett saß, dachte ich über vieles nach, was mir inzwischen wieder entfallen ist; zehn Minuten, fünfzehn, eine lange Zeit, da kann einem schon viel einfallen, auch über Märchen, über Erwachsene, über Eltern und so. Schließlich konnte der Bengel nicht mehr, ich löste ihn ab, aß den Rest der Suppe, noch eineinhalb

Teller, während er auf dem Bett neben mir saß. Vielleicht hätte ich nicht in die leere Terrine blicken sollen, denn er sagte: »Mein Gott, jetzt habe ich dir alles aufgegessen.« – »Macht nichts«, sagte ich, »ich bin noch satt geworden. Bist du zu mir gekommen, um Erbsensuppe zu essen?« – »Nein, ich suchte nur jemand, der mir helfen kann, eine Kuhle zu finden; ich dachte, du wüsstest eine.« Kuhle, Kuhle, dann fiel mir's ein, zum Murmelspielen braucht man eine, und ich sagte: »Ja, weißt du, das wird schwer sein, hier im Haus irgendwo eine Kuhle zu finden.« – »Können wir nicht eine machen«, sagte er, »einfach eine in den Boden des Zimmers hauen?« Ich weiß nicht, wie es hat geschehen können, aber ich hab's getan, und als der Chef mich fragte: Wie konnten Sie das tun?, wusste ich keine Antwort. Vielleicht hätte ich sagen sollen: Haben wir uns nicht verpflichtet, unseren Gästen jeden Wunsch zu erfüllen, ihnen ein harmonisches Weihnachtsfest zu garantieren? Aber ich hab's nicht gesagt, ich hab' geschwiegen. Schließlich konnte ich nicht ahnen, dass seine Mutter über das Loch im Parkettboden stolpern und sich den Fuß brechen würde, nachts, als sie betrunken aus der Bar zurückkam. Wie konnte ich das wissen? Und dass die Versicherung eine Erklärung verlangen würde, und so weiter, und so weiter. Haftpflicht, Arbeitsgericht, und immer wieder: unglaublich, unglaublich. Sollte ich ihnen erklären, dass ich drei Stunden, drei geschlagene Stunden lang mit dem Jungen Kuhle gespielt habe, dass er immer gewann, dass er sogar von meinem Bier getrunken hat – bis er schließlich todmüde ins Bett fiel? Ich hab' nichts gesagt, aber als sie mich fragten, ob ich es gewesen bin, der das Loch in den Parkettboden geschlagen hat, da konnte ich nicht leugnen; nur von der Erbsensuppe haben sie nichts erfahren, das bleibt unser Geheimnis. Fünfunddreißig Jahre im Beruf, immer tadellos geführt. Ich weiß nicht, wie es hat geschehen können; ich hätte wissen müssen, was ich tat, und hab's doch getan: Ich bin mit dem Aufzug zum Hausmeister hinuntergefahren, hab' Hammer und Meißel geholt, bin mit dem Aufzug wieder raufgefahren, hab' ein Loch in den Parkettboden gestemmt. Schließlich konnte ich nicht ahnen, dass seine Mutter darüber stolpern würde, als sie nachts um vier betrunken aus der Bar zurückkam. Offen gestanden, ganz so schlimm finde ich es nicht, auch nicht, dass sie mich rausgeschmissen haben. Gute Kellner werden überall gesucht.

Das gestohlene Christkind

GERHARD KARRER

11 Minuten

Mesner Hubert Kohler war sichtlich zufrieden. Die Dorfkirche St. Magdalena war, dank der Mithilfe seiner ganzen Familie, festlich geschmückt. Heilig Abend konnte kommen.
Er machte einen letzten Rundgang durch »seine« Kirche. Der Christbaum hinter dem Volksaltar schien ihm dieses Jahr besonders gelungen. Die selbst gemachten bunten Äpfel, die neuen großen Strohsterne, die leuchtenden roten Kugeln zusammen mit den vielen strahlenden Lichtern ergaben einen wunderbaren Anblick. Wenn in der Christmette zum Lied »Stille Nacht, heilige Nacht« alle anderen Lichter gelöscht waren und nur noch der Baum glitzerte, würde nicht nur er sich die eine oder andere Träne still verdrücken. Ja, er war stolz auf sein Werk. Auch dieses Jahr würden sie eine beeindruckende Mette feiern. Unzählige Blumentöpfe mit roten und weißen Weihnachtssternen, blühende Kirschzweige, überall blinkende Kerzen und die lebensgroßen Krippenfiguren vor dem Seitenaltar des heiligen Sebastian ... »Ja, das wird bestimmt wunderbar«, sprach er zu sich selbst. Wie üblich, unternahm er vor dem Mittagessen einen letzten Kontrollgang durch die Kirche. Jedes Jahr, so war es schon Tradition geworden, hatte

er mit seiner Frau und den beiden Söhnen die Kirche bis Mittag fertig geschmückt und so gut wie alles vorbereitet. Jetzt freute er sich auf die Weißwürste, noch so eine Tradition, als er vor Schreck stehen blieb.
»Das darf doch nicht wahr sein!« stöhnte er, zuerst nur leise. »Das gibt es doch gar nicht! Eine Frechheit! Eine Unverschämtheit!!«, seine Stimme schwoll hörbar an. Die letzten »Beichtkinder« hoben erschrocken ihre Köpfe, wartend auf die Beichte bei Herrn Pfarrer Hochholzer vor dem Beichtstuhl im hinteren Kirchenteil. »Ja, haben denn die Leute gar keinen Respekt mehr«, schrie er nun wutentbrannt. »Jemand hat das Jesuskind aus der Krippe geklaut!« hallte es durch die Kirche. »Das Kind, das Kind, es ist gestohlen worden!« Aufgeregt versammelten sich die Anwesenden um den Mesner vor der wunderschönen Krippendarstellung, in der offensichtlich das Jesuskind fehlte. »Gerade eben, vor einer Stunde haben wir es doch noch gemeinsam hineingelegt. Jetzt ist es weg!« Der Pfarrer hatte inzwischen seinen Beichtstuhl verlassen und hörte aufmerksam den Ausführungen seines Mesners zu. Dann fragte er: »Was haben Sie danach gemacht?« »Ich bin in die Sakristei gegangen und habe die Messgewänder für heute Abend herausgehängt und dann die Ministrantengewänder hergerichtet. Meine Familie ist nach dem Schmücken nach Hause gegangen.« »Dann muss es in der Zwischenzeit, in der Sie in der Sakristei hantierten, abhanden gekommen sein«, stellte Pfarrer Hochholzer nüchtern fest. Die drei Frauen, die

noch beichten wollten, aber jetzt natürlich tuschelten, wurden befragt, ob ihnen was aufgefallen sei. Aber keine konnte irgendwelche Angaben machen, sie hatten niemanden gesehen. Vor ihnen hatten nur Frau Löffler und Frau Lenz und die alte Winkelbäuerin gebeichtet. Aber das waren alte vertrauenswürdige Personen, die dem Pfarrer seit Langem bekannt waren. »Denen traue ich das nie und nimmer zu«, stellte der Pfarrer fest. Über die noch Anwesenden dachte der Priester ebenso. So wurden alle nach Hause geschickt, die übrigens ganz froh waren, so ums Beichten herumgekommen zu sein. »Höhere Umstände«, vertröstete sie der Seelsorger und verabschiedete sich von den Damen. Danach sperrten er und der Mesner die Kirche ab und zogen sich in die Sakristei zurück. »Was machen wir nun bloß?«, seufzte der Pfarrer. »Haben wir noch ein Ersatzkind für die Krippe?« »Doch, aber das ist nur ein kleines Wachsfigürchen. Das ist viel zu winzig für die große Krippe«, stellte der Mesner resignierend fest. Doch so leicht wollte Pfarrer Hochholzer nicht aufgeben. »Wissen Sie was, wir fragen einfach in den umliegenden Pfarreien nach. Wäre doch gelacht, wenn wir kein Jesuskind auftreiben würden«, erklärte der Pfarrer wieder frohen Mutes. So setzten die beiden alle Hebel in Bewegung, telefonierten in die benachbarten Pfarreien. Doch die brauchten ihre Christkinder selber. Wer leiht schon gern ein Jesuskind aus und feiert Heiligabend vor einer leeren Krippe? Dieses Schicksal, sollte nun die Pfarrei St. Magdalena ereilen? Die Krippe leer, das Jesuskind weg, gestohlen?

Nach ihren vergeblichen Versuchen, doch noch ein Jesuskind zu finden, entließ Pfarrer Hochholzer seinen treuen Mesner und verabschiedete sich mit den Worten: »Mir fällt schon noch was ein! Gehen Sie in Ruhe nach Hause und machen Sie sich keine allzu großen Sorgen. Und übrigens, die Kirche haben Sie dieses Jahr wieder ganz toll hingekriegt. Respekt!«
Etwas gedrückt und zerknirscht machte sich Mesner Kohler auf den Heimweg.
Inzwischen hatte sich die Angelegenheit mit dem gestohlenen Jesuskind wie ein Lauffeuer in der Pfarrei verbreitet. Die wildesten Gerüchte machten die Runde. Die Witwe Zänkmeier sprach sogar davon, dass ein Fluch über der Pfarrei läge und sie habe es schon immer gewusst, dass die neumodernen Sachen, die Pfarrer Hochholzer machte, nicht gut gehen könnten. Jetzt habe Gott nicht mehr länger zuschauen wollen und ein Zeichen gesetzt. »Jetzt werden wir bestraft«, lamentierte sie durch die Gemeinde. Und das sei erst der Anfang. Es werde noch schlimmer kommen.
Unbegründete Verdächtigungen wurden ausgesprochen. Verleumdungen und Gerüchte aller Art verbreiteten sich im Dorf. Das Klima an diesem 24. Dezember verschlechterte sich zusehends. Heiligabend, die Mette ohne Kind in der Krippe, eine Schande, ein Skandal, ein Fluch ... Wer sich nur erdreisten konnte, das Jesuskind zu stehlen. Beim Pfarrer wurde mehrmals angerufen, ob sich das Kind schon gefunden habe. So

oft, bis er gegen Abend nur noch seinen Anrufbeantworter eingeschaltet ließ.

Die Mette um 23.00 Uhr rückte immer näher. Ein passendes Jesuskind ward nicht gefunden. Auch wenn einige Leute ihre »Winzlinge« anboten. Doch sie alle waren nicht passend. »Dann feiern wir eben mit einer Krippe ohne Kind«, konstatierte der Pfarrer, als ihn der Mesner gegen Abend nochmals Hände ringend aufsuchte. »Vielleicht sollte ich meine Predigt daraufhin umstellen, Weihnachten ohne Kind ...«, sinnierte der Pfarrer.

Dann war es so weit. Die Glocken der Pfarrkirche St. Magdalena läuteten zur Mette. Doch wer gedacht hätte, viele würden wegbleiben, sah sich getäuscht. Im Gegenteil, das Gotteshaus war so gefüllt wie noch nie. Alle warteten gespannt und neugierig. Zur allgemeinen Überraschung war die Krippe mit einem schwarzen Tuch verhüllt. Was hatte das zu bedeuten? Der Pfarrer zog mit den Ministrantinnen feierlich ein. Die Messe begann wie gewöhnlich. Bis zum Evangelium verlief die Mette wie jedes Jahr. Als das Weihnachtsevangelium vorgelesen wurde – die Erzählung aus dem Lukasevangelium von den Hirten, die nach Betlehem in jener heiligen Nacht gegangen waren, um das Kind zu bewundern –, überraschte der Pfarrer seine Schäfchen statt einer Predigt mit der Ankündigung: »Das Kind ist gefunden worden.« Allerdings müssten sie sich alle, wie die Hirten damals auf den Weg nach Betlehem machen, dort würden sie das Kind finden. »Liebe Christen von

St. Magdalena, machen wir uns also gemeinsam auf den Weg zum Jesuskind. Gehen wir miteinander zu ihm«. Gemurmel und Unruhe breitete sich im Kirchenraum aus. Besonders die Männer in den hinteren Reihen murrten, wo sie doch so bequem und teilweise schläfrig saßen. Die Frauen in den letzten Reihen tuschelten aufgeregt mit ihren Banknachbarinnen und schüttelten zum Teil energisch die Köpfe. Einige lachten und hielten es für einen Scherz. Doch der Pfarrer war schon mit seinen Messdienern am südlichen Kirchenportal. Da die meisten doch neugierig waren, schlossen sie sich ihm an. Fast alle folgten dem nun beginnenden Kirchenzug aus dem Gotteshaus hinaus. Nur ein paar alte Frauen blieben sitzen mit empörten Ausrufen wie »Heiligabend gehört in der Kirche gefeiert! Unmöglich! So was Unchristliches, die Mette abzubrechen. Ich geh keinen Schritt mehr. Soll doch froh sein, dass wir überhaupt in die Kirche gehen!« Sie blieben entrüstet in der Kirche zurück. Als nach einer halben Stunde Wartens nichts weiter geschah, gingen sie empört und schimpfend nach Hause. Auch die Männer vom Kreuzbräustammtisch zogen sich ins wärmende Gasthaus zurück.
Die große Mehrheit aber folgte dem Zug in die kalte Winternacht. Sie hatten an der Kirchentüre eine Kerze in die Hand gedrückt bekommen und so stapften alle durch den Schnee in eine klare Winternacht hinaus. Keiner wusste, wohin es ging. Doch alle waren in gespannter Erwartung. Es war ein wunderbar anzuschauendes Lichterband, das sich an diesem beson-

deren Abend durch den Ort zog. Es hatte leicht zu schneien begonnen, der Sternenhimmel blinkte als wollte er den Weg weisen. Eine eigenartige, versammelte Stille breitete sich aus. Alle waren verstummt und folgten dem voranschreitenden Pfarrer. Wohin sollte der Weg gehen? Zielsicher steuerte der Pfarrer auf den südlichen Ortsrand zu, wo etwas außerhalb das Behindertenwohnheim St. Elisabeth lag.

Hatte einer aus dem aus dem Heim das Christkind gestohlen? So ließen sich nun manche Stimmen vernehmen. Der Pfarrer hob an zu einem Weihnachtslied und zog singend mit der versammelten Gemeinde in die Turnhalle. In der Mitte stand ein Stall mit einer verhüllten Krippe. Alle drängten neugierig hinein und versammelten sich auf engstem Raum. Direkt um die Krippe hatten sich die ca. 30 Bewohner des Heimes samt Betreuern eingefunden, die ihrerseits große Augen machten ob der großen Menschenmenge. Doch mehr und mehr begannen die Gesichter der Heimbewohner zu strahlen, als der Pfarrer jeden per Handschlag begrüßte und ihnen ihre Kerzen anzündete. Noch herrschte Getuschel und leises Flüstern, doch als der Pfarrer nochmals anhob, das Evangelium zu verkünden, kehrte schnell Ruhe ein.

Die Turnhalle erstrahlte vor lauter kleinen Kerzen wie ein Lichtermeer. Waren sie nicht alle zu Hirten geworden, die das Jesuskind suchten? Als der Pfarrer geendet hatte, ging er zur Krippe, nahm das verhüllende dunkle Tuch weg. Ganz vorsichtig und achtsam ergriff er das verloren geglaubte Kind, hielt es leicht hoch und sagte: »Heute ist Gott Mensch geworden!«

Dann legte er es wortlos in die Hände eines Behinderten, dieser reichte es mit einem unglaublich strahlenden Lächeln weiter. Ein sonderbarer Glanz lag in seinen Augen. Jeder wollte nun das Kind in seinen Händen halten, zuerst die Behinderten und dann die Kirchenbesucher. Viele wiegten das Kind, als das Lied »Stille Nacht, heilige Nacht« gesungen wurde, behutsam in ihren Händen und gaben es dann weiter. In den Gesichtern breitete sich eine beglückende Stimmung und Ergriffenheit aus, die bis ins Herz drang. Den Rest der Mette wurde das Kind von Hand zu Hand weitergereicht. Zum Schluss legte es der Pfarrer wieder in die Krippe und sprach allen den Segen zu. Beklommen und ergriffen gingen alle in ihre Wohnstätten zurück. Ja, und in den Augen hatten sie alle einen seltsamen Glanz. Keiner fragte mehr, wie das Jesuskind hierhergekommen war, denn es war in ihre Herzen gekommen. So war es Weihnachten geworden in der Pfarrei St. Magdalena.

Weihnachtsabend

SELMA LAGERLÖF

Es war an einem Weihnachtstag, alle waren zur Kirche gefahren, außer Großmutter und mir. Ich glaube, wir beide waren im ganzen Hause allein. Wir hatten nicht mitfahren können, weil die eine zu jung und die andere zu alt war. Und alle beide waren wir betrübt, dass wir nicht zum Mettegesang fahren und die Weihnachtslichter sehen konnten.

Aber wie wir so in unserer Einsamkeit saßen, fing Großmutter zu erzählen an.

»Es war einmal ein Mann«, sagte sie, »der in die dunkle Nacht hinausging, um sich Feuer zu leihen. Er ging von Haus zu Haus und klopfte an. ›Ihr lieben Leute, helft mir!‹, sagte er. ›Mein Weib hat eben ein Kindlein geboren, und ich muss Feuer anzünden, um es und den Kleinen zu erwärmen!‹ Aber es war tiefe Nacht, so dass alle Menschen schliefen, und niemand antwortete ihm. Der Mann ging und ging. Endlich erblickte er in weiter Ferne einen Feuerschein. Da wanderte er dieser Richtung zu und sah, dass das Feuer im Freien brannte. Eine Menge weißer Schafe lag rings um das Feuer und schlief und ein alter Hirt wachte über der Herde. Als der Mann, der Feuer leihen wollte, zu den Schafen kam, sah er, dass drei große

Hunde zu Füßen des Hirten ruhten und schliefen. Sie erwachten alle drei bei seinem Kommen und sperrten ihre weiten Rachen auf, als ob sie bellen wollten, aber man vernahm keinen Laut. Der Mann sah, dass sich die Haare auf ihrem Rücken sträubten, er sah, wie ihre scharfen Zähne funkelnd weiß im Feuerschein leuchteten, und wie sie auf ihn losstürzten. Er fühlte, dass einer nach seiner Hand schnappte und dass einer sich an seine Kehle hängte. Aber die Kinnladen und die Zähne, mit denen die Hunde beißen wollten, gehorchten ihnen nicht, und der Mann litt nicht den kleinsten Schaden. Nun wollte der Mann weitergehen, um das zu finden, was er brauchte. Aber die Schafe lagen so dicht nebeneinander, Rücken an Rücken, dass er nicht vorwärts kommen konnte. Da stieg der Mann auf die Rücken der Tiere und wanderte über sie hin dem Feuer zu. Und keins von den Tieren wachte auf oder regte sich.«

So weit hatte Großmutter ungestört erzählen können, aber nun konnte ich es nicht lassen, sie zu unterbrechen. »Warum regten sie sich nicht, Großmutter?«, fragte ich. »Das wirst du nach einem Weilchen schon erfahren«, sagte Großmutter und fuhr mit ihrer Geschichte fort. »Als der Mann fast beim Feuer angelangt war, sah der Hirt auf. Es war ein alter, mürrischer Mann, der unwirsch und hart gegen alle Menschen war. Und als er einen Fremden kommen sah, griff er nach seinem langen, spitzigen Stabe, den er in der Hand zu halten pflegte, wenn er seine Herde hütete, und warf ihn nach ihm. Und der Stab fuhr zischend gerade auf den Mann los, aber ehe er ihn traf, wich er zur Seite und sauste, an ihm vorbei, weit über das Feld.« Als Großmutter so weit gekommen war, unterbrach ich sie abermals. »Großmutter, warum wollte der Stock den Mann nicht schlagen?« Aber Großmutter ließ es sich nicht einfallen, mir zu antworten, sondern fuhr mit ihrer Erzählung fort.

»Nun kam der Mann zu dem Hirten und sagte zu ihm: ›Guter Freund, hilf mir und leih mir ein wenig Feuer. Mein Weib hat eben ein Kindlein geboren, und ich muss Feuer machen, um es und den Kleinen zu erwärmen.‹ Der Hirt hätte am liebsten nein gesagt, aber als er daran dachte, dass die Hunde dem Manne nicht hatten schaden können, dass die Schafe nicht vor ihm davongelaufen waren und dass sein Stab ihn nicht fällen wollte, da wurde ihm ein wenig bange, und er wagte es nicht, dem Fremden das abzuschlagen, was er begehrte. ›Nimm, so viel du brauchst‹, sagte er zu dem Manne.

Aber das Feuer war beinahe ausgebrannt. Es waren keine Scheite und Zweige mehr übrig, sondern nur ein großer Gluthaufen, und der Fremde hatte weder Schaufel noch Eimer, worin er die roten Kohlen hätte tragen können. Als der Hirt dies sah, sagte er abermals: ›Nimm, so viel du brauchst!‹ Und er freute sich, dass der Mann kein Feuer wegtragen konnte. Aber der Mann beugte sich hinunter, holte die Kohlen mit bloßen Händen aus der Asche und legte sie in seinen Mantel. Und weder versengten die Kohlen seine Hände, als er sie berührte, noch versengten sie seinen Mantel, sondern der Mann trug sie fort, als wenn es Nüsse oder Apfel gewesen wären.«

Aber hier wurde die Märchenerzählerin zum dritten Mal unterbrochen. »Großmutter, warum wollte die Kohle den Mann nicht brennen?« »Das wirst du schon hören«, sagte Großmutter, und dann erzählte sie weiter. »Als dieser Hirt, der ein so böser, mürrischer Mann war, dies alles sah, begann er sich bei sich selbst zu wundern: Was kann dies für eine Nacht sein, wo die Hunde nicht beißen, die Schafe nicht erschrecken, die Lanze nicht tötet und das Feuer nicht brennt? Er rief den Fremden zurück und sagte zu ihm: »Was ist dies für eine Nacht? Und woher kommt es, dass alle Dinge dir Barmherzigkeit zeigen?« Da sagte der Mann: »Ich kann es dir nicht sagen, wenn du selber es nicht siehst.« Und er wollte seiner Wege gehen, um bald ein Feuer anzünden und Weib und Kind wärmen zu können. Aber da dachte der Hirt, er wolle den Mann nicht ganz aus dem Gesicht verlieren, bevor er erfahren hätte, was dies alles bedeute. Er stand auf und ging ihm nach, bis er dorthin kam, wo der Fremde daheim war. Da sah der Hirt, dass der Mann nicht einmal eine Hütte hatte, um darin zu wohnen, sondern er hatte sein Weib und sein Kind in einer Berggrotte liegen, wo es nichts gab als nackte, kalte Steinwände.

Aber der Hirt dachte, dass das arme unschuldige Kindlein vielleicht dort in der Grotte erfrieren würde, und obgleich er ein harter Mann war, wurde er davon doch ergriffen und beschloss, dem Kinde zu helfen. Und er löste sein Ränzel von der Schulter und nahm daraus ein weiches, weißes Schaffell hervor. Das gab er dem fremden Manne und sagte, er möge das Kind daraufbetten.

Aber in demselben Augenblick, in dem er zeigte, dass auch er barmherzig sein konnte, wurden ihm die Augen geöffnet, und er sah, was er vorher nicht hatte sehen, und hörte, was er vorher nicht hatte hören können. Er sah, dass rund um ihn ein dichter Kreis von kleinen, silberbeflügelten Englein stand.

Und jedes von ihnen hielt ein Saitenspiel in der Hand, und alle sangen sie mit lauter Stimme, dass in dieser Nacht der Heiland geboren wäre, der die Welt von ihren Sünden erlösen solle.

Da begriff er, warum in dieser Nacht alle Dinge so froh waren, dass sie niemand etwas zu Leide tun wollten. Und nicht nur rings um den Hirten waren Engel, sondern er sah sie überall. Sie saßen in der Grotte und sie saßen auf dem Berge und sie flogen unter dem Himmel. Sie kamen in großen Scharen über den Weg gegangen, und wie sie vorbeikamen, blieben sie stehen und warfen einen Blick auf das Kind.

Es herrschte eitel Jubel und Freude und Singen und Spiel, und das alles sah er in der dunklen Nacht, in der er früher nichts zu gewahren vermocht hatte. Und er wurde so froh, dass seine Augen geöffnet waren, dass er auf die Knie fiel und Gott dankte.«

Aber als Großmutter so weit gekommen war, seufzte sie und sagte: »Aber was der Hirte sah, das könnten wir auch sehen, denn die Engel fliegen in jeder Weihnachtsnacht unter dem

Himmel, wenn wir sie nur zu gewahren vermögen.« Und dann legte Großmutter ihre Hand auf meinen Kopf und sagte: »Dies sollst du dir merken, denn es ist so wahr, wie dass ich dich sehe und du mich siehst. Nicht auf Lichter und Lampen kommt es an, und es liegt nicht an Mond und Sonne, sondern was Not tut, ist, dass wir Augen haben, die Gottes Herrlichkeit sehen können.«

Das Niklasschiff

Paul Keller

Zu mir kam der Nikolaus nie. Dagegen in jedem Jahr zu unserem Nachbarssohn, dem reichen Mühl-Karl. In der Schule zeigte er mir dann an jedem 6. Dezember die schönen Sachen, die er geschenkt bekommen hatte.

Ich muss sagen, dass ich einen Groll auf den Nikolaus hatte. Auch dann noch, als mir meine kluge Tante sagte: »Siehst du, wir haben so ein kleines Haus, da ist es schon leicht möglich, dass es der Nikolaus übersieht. Denn er ist nun doch einmal ein alter Mann.«

Das ließ ich mir eine Reihe von Jahren gefallen, als ich aber zehnjährig war, beschloss ich, mich an den Weg zu stellen, dem Nikolaus aufzulauern und ihn auf unser kleines Haus aufmerksam zu machen.

Um halb acht käme er immer, hatte mir der Karl verraten. Gut, um halb acht Uhr stand ich auf der Straße vor der Mühle und passte auf.

»Herr Nikolaus«, wollte ich sagen, »bitte schön, ich wohne dort drüben! Dort in dem kleinen Haus, wo der Kastanienbaum davor steht! Wenn Sie bis an den Kastanienbaum herangehen, werden Sie das Haus schon sehen. Ich kann den Katechismus besser als

der Karl, und ich hab bei der Schulprüfung eine Prämie gekriegt, und er nicht!« So wollte ich sagen. Ich hatte lange nachgedacht über diese Ansprache und konnte sie sehr gut auswendig. Ach, es war eine von den vielen schönen Reden, die nicht gehalten werden. Denn als der Nikolaus wirklich kam, ein großer Mann mit einem wilden, langen Bart, mit einem umgedrehten Zottelpelz und einem Strohseilgurt, da verließ mich der Mut, und ich wäre hinter dem Lattenzaun, wo ich steckte, fast gestorben vor Angst, als er vorbeiging. Erst als er weit weg war, kriegte ich all meine Courage wieder und schrie nun wie besessen: »Herr Niklas! Herr Niklas! Ich wohne dort drüben – dort in dem kleinen Haus – bei dem Linden-, nein, bei dem Kastanienbaum, hören Sie, bei dem Kasta ...nien ...baum!« Er wandte sich nicht um, er verschwand in der Mühle. Ich zitterte am ganzen Leib, und zornige Tränen kamen mir in die Augen. Ich würde auch dieses Jahr nichts kriegen. Das war klar! Denn der Niklas hatte die Ohren verbunden gehabt. Außerdem – die zwei wichtigsten Dinge, Katechismus und Schulprämie, hatte ich vergessen.
In dieser Nacht lag ich eine qualvolle, lange Viertelstunde schlaflos wach im Bett. Ich wusste, dass ich nie wieder glücklich sein würde im Leben. Aber dann kam der große Tröster, der so wonnig zu lügen versteht, der Schlaf. Er löschte meine Leiden aus und stellte ein holdes Glück an ihre Stelle. Er erzählte mir, ich hätte zwei Bleisoldaten vom Nikolaus erhalten, einen blauen und einen roten.

Am anderen Tag hatte richtig der Mühl-Karl wieder eine ganze Menge Sachen mit in der Schule. Ich wollte anfangs nichts davon ansehen, als er aber ein kleines Holzschiffchen auf die Schulbank stellte, war es aus mit meiner Selbstbeherrschung. Ach, es war ein süßes, süßes Schiffchen! Es hatte einen Mastbaum und zwei Segel, ja sogar einen kleinen, eisernen Anker. An der Seite stand der Name des Schiffes: ›St. Niklas‹.

Das weiß ich heute noch, wie ich damals plötzlich den Kopf auf die Schulbank legte und bitterlich zu weinen anfing. Die anderen Kinder lachten anfangs, dann redeten sie auf mich ein; zuletzt lief einer nach dem Lehrer, der drüben in seiner Wohnstube frühstückte.

Denn es war eine Dorfschule, und der Unterricht hatte noch nicht begonnen. Ich sagte auch dem Lehrer den Grund meiner Tränen nicht. Aber ich hörte auf zu weinen. Ein wilder Trotz überkam mich. An diesem Tag ließ ich den Mühl-Karl die Rechenaufgaben nicht abschreiben, und als er Hiebe bekam, freute ich mich. Hiebe! Da hatte er es nun mit seinem Schiff! Da hätte nur mal jetzt der Niklas zum Fenster reingucken sollen, wie sein geliebter Mühl-Karl über dem Stuhl lag und ich so stolz in der Bank saß und eine Tafel hatte, auf der alles richtig herauskam!

Oh, ich war auf dem Wege, ein schlechter Kerl zu werden! Ich bekam nicht einmal Gewissensbisse, als mich auf dem Heimweg der Karl trotz allem, was vorangegangen war, freundlich einlud, mit ihm am Nachmittag das Schiffchen auf dem Mühlbach schwimmen zu lassen.

Nein, ich schlug es grob ab. Ja, ich setzte etwas hinzu, was mir nur in der tiefen Verbitterung meines Herzens einfallen konnte: »Überhaupt sind wir mit euch verfeindet! Denn mein Großvater hat mit deinem Vater einen Prozess wegen des Brunnens gehabt, und da hat mein Großvater alles unschuldig bezahlen müssen.«

So wurde aus der Feindschaft der Alten auch eine Feindschaft der Kinder. Das mit dem Prozess stimmte. Denn wir hatten mit den Müllersleuten einen gemeinsamen Brunnen, und wo ein gemeinsamer Brunnen ist, muss auch ein Prozess sein.

Es vergingen fast zwei Wochen. Der Mühl-Karl bekam öfter Prügel in der Schule. Der Lehrer fand, dass er nicht nur im Rechnen, sondern auch namentlich im Aufsatz sehr zurückgegangen sei. Du lieber Gott! Der Lehrer hatte 110 Schüler in vier verschiedenen Klassen; der konnte wirklich hinter die Schliche solcher Intriganten, wie ich einer war, nicht kommen. Zu meiner Ehre kann ich wahrheitsgetreu angeben, dass ich mich nach und nach über die Prügel, die der Mühl-Karl bekam, nicht mehr freute. Wenigstens nicht mehr so heftig freute wie am 6. Dezember.

Am 20. Dezember trat der Karl auf dem Heimweg abermals an mich heran: »Komm doch heute mit mir Schiffchen fahren!«, sagte er. Ich sehe noch jetzt, wie bittend ihm die braunen Augen aus dem roten, robusten Gesichte leuchteten. Einen Augenblick schwankte ich. Aber der Groll siegte. »Gelt, dass ich dich dafür morgen abschreiben lass! Ich werde mich schön hüten!« Und ich wandte ihm den Rücken. Es war eine schwere Schuld, die ich auf mich lud.

Am selben Tag, kurz ehe die Dämmerung hereinbrach, sah ich die Müllerin schreiend über den Hof laufen, gleich hinterher rannte der Müller, dann die Dienstboten, zuletzt humpelte sogar die lahme Mühlgroßmutter bis vors Tor. Und ein bisschen später brachte der stärkste Knecht aus der Mühle den Karl getragen. Er hatte mit seinem Schiffchen gespielt und war in den eiskalten Mühlgraben gefallen.

Zuerst war alles in mir stumpf und still. Eine Schadenfreude überkam mich nicht; dafür war ich zu sehr erschrocken. Bloß die Neugierde war in mir, was jetzt werden würde.

Aber dann, als es finster wurde, immer finsterer, als immer noch nicht unsere Lampe angezündet wurde, wurde ich so unruhig, so schwer unruhig. Der Großvater war still, die Tante sagte kein Wort. Und kein Licht – kein Licht! Der Sturm fing auch an zu gehen. Vor dem Sturm am Abend, dem finsteren Sturm, hatte ich immer Angst.

Ich rückte zum Feuer. Aber unser Hund knurrte mich an, weil ich ihn verscheuchte. Ein Wagen rumpelte draußen. Wir gingen alle ans Fenster. Es war des Müllers Glaswagen mit zwei Laternen. »Sie bringen den Doktor«, sagte der Großvater. Und die Tante sagte: »Wer weiß!«

Da packte mich etwas an der Kehle, und als ich die Tante fragen wollte, was sie gemeint habe, brachte ich kein Wort heraus. Wenn er sterben müsste!

Oh, ich war ein kleines, dummes Büblein, hatte keine verfeinerte Seele, aber ein nacktes, blutzartes Herz, das von einer jähen Angst durchschnitten wurde, als ihm Tod und Schuld so nahe traten.

Ich bekam keine Luft; ich schlich hinaus, dann rannte ich über die Höfe hinüber zum Müllerhaus. Ich stand eine Weile frierend vor der Tür, dann kam eine Magd, die ich fragen wollte. Der Doktor könne nichts versprechen, sagte sie, und der Karl läge mit offenen Augen, aber er könne nicht reden und auch nicht hören.

Langsam kehrte ich um. Ich lehnte lange an Müllers Gartenmauer; ich setzte mich endlich auf unsere Haustürschwelle und starrte hinüber nach den beleuchteten Fenstern. So fand mich die Tante und brachte mich zu Bett.

Ich dachte unausgesetzt an Karl. Einen einzigen Trost hatte ich – dass er die Augen offen hatte. Wenn sie nur nicht zufielen! Ich streckte meine Hände aus auf der Bettdecke und stellte mir vor, dass ich Mühl-Karls Augendeckel offen halten könnte.

Ja, ich musste sie offen halten – musste! Wäre ich mit ihm gegangen, dann wäre er nicht ins Wasser gefallen. Nun durften die Augen nicht zufallen! Nein, nein, sie durften nicht zufallen! Und ich hielt zwischen Daumen und Mittelfinger je ein Stücklein Bettzeug und dachte immer, es seien Karls Augendeckel.

Einmal fiel mir ein, wenn der Karl stürbe, hätten wir einen Tag keine Schule und könnten das schöne Lied: ›Wo findet die

Seele die Heimat‹ singen. Aber der Gedanke, der mich sonst bei Todesfällen im Dorf immer begeistert hatte, erfror diesmal an einem inneren Frost, der mir die Glieder schüttelte. Und Daumen und Mittelfinger pressten sich fester zusammen. Zuletzt wollte ich beten. Und in seiner großen Angst demütigte sich mein Herzlein, und ich betete zum Nikolaus, dem einzigen Heiligen, von dem ich glaubte, ich sei mit ihm verfeindet. Ich stellte ihm gar inständig vor, dass er ja sehr recht täte, wenn er mir nie etwas schenke, weil ich doch so schlecht sei; aber über den Karl möge er sich erbarmen und ihn gesund werden lassen, denn dem Karl sei er doch von jeher sehr gut gewesen.

Drei Tage vergingen. Am Brunnen hatte ich täglich der Marie, des Müllers Magd, aufgelauert. Ja, er hätte immer noch die Augen offen, hatte sie mir gesagt. Wenn die Augen so lange offen stehen, wird er schon gesund werden, tröstete ich mich. Aber die Sorge, sie möchten zufallen, verließ mich nicht, und ich grübelte auch immer schmerzlich darüber nach, warum denn der Karl nichts sehen könne, wenn er doch die Augen offen habe. Ich versuchte es eifrig, mit offenen Augen nichts zu sehen, aber es gelang nicht. Ich sah sogar am Abend und in der Nacht. Endlich hielt ich's nicht länger aus, und ich befragte meine freundliche, kluge Tante. Sie besann sich eine Weile, dann sagte sie: »Weißt du, der Karl hat jetzt keine Seele.« Das war am 23. Dezember gewesen. Es war gut, dass wir schon keine Schule mehr hatten, denn ich hätte nicht ein einziges bisschen lernen und aufpassen können. Ich dachte jetzt immerfort daran, dass der Karl keine Seele mehr hatte. Wo die Seele hin sei, darüber zersann ich mir den Kopf Stunde um Stunde. Dass sie nicht im Himmel sein konnte, wusste ich, da der Karl noch nicht gestorben war.

Wo war die Seele hin?

In der Nacht auf den 24. lag ich lange wach. Das kleine Herz schlug schnell und laut, die Hände irrten auf dem Deckbett hin und her, der Kopf brannte. Es war so heiß in der Kammer. Und da fiel es mir plötzlich ein. Wie der Karl ins Wasser gefallen ist, ist die Seele herausgegangen aus seinem Mund und im Bach ertrunken.

Mit einem Ruck saß ich aufrecht im Bett. Ich fror zum Erbarmen, und doch lief mir der Schweiß über das Gesicht. Die Seele! Karls Seele! Ins Wasser gefallen! Ertrunken! Hilflos ertrunken! O Gott!

So eine Seele ist etwas Zartes, Feines, etwas in einem dünnen, weißen Hemdchen. Wenn das in den eisigen Mühlbach fiel und darin ertrank und erfror! Es ist mein bitterer Ernst, wenn ich sage, dass ich nie wieder im Leben so heiß und hoffnungslos gelitten habe wie damals, da sich die Krallenfinger der Angst und Reue zum ersten Mal in mein wehrloses junges Herz eingruben. Damals hörte ich das erste Mal die Mitternachtsstunde schlagen. Nach langer Zeit war ich so erschöpft, dass ich halb betäubt ins Bettchen zurücksank. Und in der schweren Müdigkeit kam dem kleinen Kämpfer endlich ein milder Trostgedanke.

Das Schifflein! Das Schifflein war ja auch im Wasser gewesen. Vielleicht hatte sich Karls Seele an das Schifflein angeklammert! Am Heiligabendtag ging ich frühzeitig zum Brunnen. Ich musste lange warten, dann kam die Müllermagd.
»Hat er die Augen noch offen?«
»Nein, seit gestern Abend hat er sie zu!«
»Ist er – gestorben?«
»Jetzt ist er noch nicht gestorben.« Sie füllte ihre Kannen und ging. Unbeweglich schaute ich ihr nach, wie jemandem, der die letzte Hoffnung fortträgt. Er war noch nicht gestorben! Aber er hatte die Augen schon zu! Es schien mir der Augenblick der höchsten Gefahr. Die Seele musste ich suchen – die Seele!

Ich eilte durchs Hoftürchen hinaus aufs Feld, über einen Acker weg, auf den Mühlbach zu. Die Glieder bebten mir in eisiger Angst, aber ich ging. Ach, ganz fertig brachte ich es doch nicht! Abseits vom Bach rannte ich flussaufwärts. Ich spähte sehnsüchtig verlangend hinüber, aber die Füße blieben mir in den Löchern des Sturzackers gefangen.

Dort war die große Esche. Dort war er hineingefallen. Noch einmal überkam mein Kinderherz eine heiße Todesangst. Dann aber sah ich den Karl vor mir liegen mit geschlossenen Augen, und laut aufweinend vor Furcht und Sorge rannte ich hin zur Esche.

In der Nacht war ein milder Frost gekommen, der hatte eine dünne Eisdecke über den Bach gespannt. Spiegelglatt lag die glitzernde Fläche vor mir. Eine lächelnde, tote Fläche!

Gefroren! Nun war sie nicht mehr zu finden! Nun steckte sie unter dem Eis! Langsam schlich ich den Bach hinab. Einmal schrak ich zusammen, als ich etwas Weißes im Eis sah. Aber es war nur eine Luftblase. Da gab ich alle Hoffnungen auf. Der Kopf schmerzte mich, die Füße strauchelten oft und glitten aus. Und eine schneidende Todeskälte stieg vom Bach herauf. Es war eine traurige Wanderung für ein Kind am Heiligen Abend. Und da traf mich das Wunder! Eingefroren, nicht weit vom Ufer weg, stand Karls kleines, süßes Holzschiffchen. ›St. Niklas‹ stand daran, und der Wind spielte leicht mit den kleinen Segeln. Drinnen aber im Schiff lag etwas Weißes. Mit glühenden, weiten Augen starrte ich hin. Zuerst fiel mir ein, es möge ein verwehtes Blatt sein, das der Reif so weiß gemacht habe. Aber bald kam mir eine viel, viel bessere Erkenntnis. In dem Schiffe war Karls Seele!

Ein bisschen zusammengefroren, ein bisschen bereift in den kalten Winternächten – aber doch Karls kleine, weiße Seele. Sie hatte sich gerettet! O – alleluja – gerettet!

Ich rutschte auf den Knien den Bachrand hinab, ich ergriff einen dünnen Erlenzweig und beugte mich weit über das Wasser. Einen Augenblick schwebte ich so zwischen Tod und Leben, dann hielt ich das Schifflein in den Händen. Keinen Blick warf ich mehr hinein. Nein, das wagte ich nicht. Aber mit hoch erhobenen Händen, so wie ein Priester einen heiligen Kelch trägt, so trug ich in dem Holzschiffe Karls Seele heim.

Als der Wind übers weiße Feld fuhr, als mir die großen, schwarzen Vögel über dem Haupt flogen, drückte ich das Schifflein an meine Brust. Als aber die goldene Sonne durch die Wolken schien, trug ich es wieder hoch in den Händen und ging langsam, glücklich, zuversichtlich Schritt für Schritt.

An des Müllers Tür war eine Klingel. Mit erstarrter Hand riss ich an dem Zuge, dass die Glocke schrill durchs Haus gellte. Der Müller kam scheltend herausgesprungen. Ich aber stand ruhig und ernst da und sagte so feierlich, als ob ich ein Gebet spräche: »Ich bringe Karls Schiff! In dem Schiff ist seine weiße Seele!« Der Müller starrte mich an. Als ich ihm aber so gläubig in die Augen sah, sagte er kein Wort, nahm mir das Schifflein ab und trug es ins Haus.

Und noch ehe die Lichter meines kleinen Christbaumes angezündet wurden, trat der Müller in unsere Stube. Er entschuldigte verlegen sein Kommen und sagte, er freue sich so, denn der Doktor sei eben wieder da gewesen und habe gesagt, der Karl werde nun bestimmt wieder gesund werden. Das komme er sagen, weil wir doch öfter hätten nachfragen lassen.

Der Großvater und die Tante waren freundlich zum Müller. Ich sagte kein Wort. Auch dann wich das andächtige Schweigen der Freude nicht von mir, als der Müller fort fuhr: »Gerade als euer Paul das Holzschiffchen brachte und so sehr mit unserer Klingel läutete, ist der Karl aufgewacht aus seinem Schlaf und hat die Besinnung wiedergehabt. Und uns sind allen die Augen übergegangen, weil doch euer Paul meinte, in dem Schiff bringe er Karls Seele.«

Das Triptychon von den Heiligen Drei Königen

FELIX TIMMERMANS

10 Minuten

Am Tage vor Weihnachten, als es Abend wurde, war in dem fallenden Schnee ein knarrendes Kirmeswägelchen, das ein alter Mann und ein Hund zogen, die Straße entlang gefahren, und hinter der Fensterschreibe hatte man das bleiche Gesicht einer schmalen, jungen Frau gewahrt, die schwanger war und große, betrübte Augen hatte.

Sie waren vorbeigezogen, und wer sie gesehen hatte, dachte nicht mehr darüber nach.

Am Tage darauf war Weihnachten, und die Luft stand glasklar gefroren, zartblau über der weiteren, in einen weißen Pelz vermummten Welt. Und der lahme Hirte Suskewiet, der Aalfischer Pitjevogel mit seinem Kahlkopf und der triefäugige Bettler Schrobberbeeck gingen zu dritt die Höfe ab, als die Heiligen Drei Könige verkleidet.

Sie trugen mit sich einen Pappstern, der sich auf einer hölzernen Stange drehte, einen Strumpf, das gesammelte Geld darein zu bergen, und einen Doppelsack, um die Esssachen hineinzustecken. Ihre armseligen Röcke hatten sie umgekehrt;

der Hirt hatte einen hohen Hut auf, Schrobberbeeck trug eine Blumenkrone von der Prozession her auf dem Kopfe, und Pitjevogel, der den Stern drehte, hatte sein Gesicht mit Schuhwichse eingeschmiert.

Es war ein gutes Jahr gewesen mit einem fetten Herbst: die Bauern hatten alle ein Schwein ins Pökelfass gelegt und saßen, ihre Pfeife schmauchend, mit Speckbäuchen vor dem heißen Herd und warteten sorglos auf den Frühling.

Der Hirte Suskewiet kannte so schöne fromme Lieder aus alten Zeiten, Pitjevogel verstand den Stern so gleichmäßig zu drehen, und der Bettler wusste so echte, traurige Bettleraugen zu ziehen, dass, als der Mond rot heraufkam, der Fuß des Strumpfes voller Geld saß und der Sack sich blähte wie ein Blasebalg. Es steckte Brot darin, Schinkenknochen, Apfel, Birnen und Wurst.

Sie waren in fröhlichster Laune, stießen sich wechselseitig mit den Ellbogen und genossen bereits das Vergnügen, am Abend einmal ein ordentliches Glas »Vitriol« in der »Wassernixe« zu trinken und sich mit dem guten und leckeren Essen den leeren Bauch so zu runden und zu prallen, dass man einen Floh darauf würde zerquetschen könnnen.

Erst als die Bauern die Lampe ausdrehten und gähnend schlafen gingen, hörten sie mit ihrem Singen auf und begannen ihr Geld in dem hellen Mondenschein zu zählen.

Jungens, Jungens! Genever für eine volle Woche! Und dann konnten sie sich noch frisches Fleisch dazu kaufen und Tabak!

Den Stern auf der Schulter, stapfte der schwarze Pitjevogel flink voraus; die beiden anderen folgten, und das Wasser lief ihnen im Munde zusammen.

Aber ihre rauen Seelen überfiel nach und nach eine seltsame Bedrücktheit. Sie schwiegen. Kam das von all dem weißen Schnee, auf den der hohe Mond so starr und bleich guckte? Oder von den mächtigen, gespenstigen Schatten der Bäume? Oder von ihren eigenen Schatten? Oder von der Stille, dieser Stille von mondbeschienenem Schnee, in der nicht einmal eine Eule sich hören ließ und kein Hund nah und fern bellte? Dennoch waren sie, Schwärmer und Schweifer der abgelegenen Straßen, der einsamen Ufer und Felder, nicht so leicht einzuschüchtern. Sie hatten viel Wunderbares in ihrem Leben gesehen: Irrlichter, Spuk und sogar leibhaftige Gespenster. Aber nun war es etwas anderes, etwas wie die würgende Angst vor dem Nahen eines großen Glücks.

Es presste ihnen das Herz zusammen. Der Bettler sagte mutig: »Ich bin nicht bange!«

»Ich auch nicht!«, sagten die beiden anderen zur gleichen Zeit mit zitternden Kehlen.

»Es ist Weihnachten heute!«, tröstete Pitjevogel.

»Und dann wird Gott von Neuem geboren«, fügte der Hirte kindlichfromm hinzu.

»Ist es wahr, dass die Schafe dann mit dem Kopfe nach Osten stehn?«, fragte Schrobberbeeck.

»Ja, und dann singen und fliegen die Bienen.«

»Und dann könnt ihr mitten durchs Wasser gehen«, bestätigte Pitjevogel; »aber ich hab es niemals getan.«

Es war wieder diese Stille, die etwas anderes war als Stille, wie wenn eine fühlbare Seele im Mondenschein zitterte.

»Glaubt ihr, dass Gott nun wieder auf die Welt kommt?«, fragte ängstlich der Bettler und dachte dabei an seine Sünden.

»Ja«, sagte der Hirt. »Aber wo, das weiß niemand ... er kommt nur für eine Nacht.«

Ihre harten Schatten liefen nun vor ihnen her, und das vermehrte noch ihre Furcht. Auf einmal merkten sie, dass sie sich verlaufen hatten. Schuld daran war der unendliche Schnee, der die gefrorenen Bäche, die Wege und das ganze Land überdeckt hatte. Sie blieben stehn und sahen sich um; überall Schnee und Mondenschein und hie und da Bäume, aber kein Hof, so weit man blickt, und auch die wohlbekannte Mühle war nirgends sichtbar. Sie hatten sich verirrt, und bei dem Mondenlicht sahen sie Einer in des Anderen Auge die Angst.

»Lasst uns beten«, flehte Suskewiet, der Hirt, »dann kann uns nichts Böses begegnen.« Der Hirt und der Bettler murmelten ein »Ave-Maria«, Pitjevogel brummte nur so etwas vor sich hin; denn seit der ersten Kommunion hatte er das Beten verlernt.

Sie gingen um ein Gebüsch herum, und da war es, dass Pitjevogel in der Ferne ein friedliches Abendlicht aus einem Fensterlein strahlen sah. Ohne ein Wort zu sagen, nur froh und aufatmend, gingen sie darauf zu.

Und da geschah etwas Wunderbares. Sie sahen und hörten es alle drei; aber keiner wagte davon zu sprechen. Sie hörten Bienen summen, und unter dem Schnee, da, wo die Gräben waren, schimmerte es so hell, als ob Lampen darunter brennten. Und an einer Reihe träumender Weiden stand ein lahmer Kirmeswagen, aus dessen Fenster Kerzenlicht kam.

Pitjevogel ging das Trepplein hinauf und klopfte an die Tür. Ein alter Mann mit einem harten Stoppelbart kam vertrauensvoll herbei und öffnete. Er wunderte sich gar nicht über die tollen Gewänder, den Stern und das schwarze Gesicht.

»Wir kommen, um Euch nach dem Weg zu fragen«, stotterte Pitjevogel.

»Der Weg ist hier«, sagte der Mann, »kommt nur herein!«

Verwundert über diese Antwort, folgten sie gehorsam, und da sahen sie in der Ecke des kalten, leeren Wagens eine sehr junge Frau sitzen, in blauem Kapuzenmantel, die einem ganz kleinen, eben geborenen Kinde ihre fast leere Brust gab. Ein großer, gelber Hund lag daneben und hatte seinen treuen Kopf auf ihre mageren Knie gelegt.

Ihre Augen träumten voller Trübsal; aber als sie die Männer sah, kam Freundschaft hinein und Zuneigung. Und siehe, auch das Kindlein, noch mit Flaum auf dem Kopfe und mit Augen wie kleine Spalte, lachte ihnen zu, und besonders hatte das schwarze Gesicht des Pitjevogels es ihm angetan.

Schrobberbeeck sah den Hirten knien und seinen hohen Hut abnehmen; er kniete auch nieder, nahm seine

Prozessionskrone vom Kopf und bereute plötzlich tief seine Sünden, deren er viele auf dem Gewissen hatte, und Tränen kamen in seine entzündeten Augen. Dann bog auch Pitjevogel das Knie.

So saßen sie da, und süße Stimmen umklangen ihre Köpfe, und eine wundersame Seligkeit, größer als alle Lust, erfüllte sie. Und keiner wusste warum.

Unterdessen versuchte der alte Mann in dem eisernen Herdlein ein Feuer anzumachen. Pitjevogel, der sah, dass es nicht ging, sagte dienstfertig: »Darf ich Euch helfen?«

»Es nützt doch nichts, es ist nasses Holz«, antwortete der Mann.

»Aber habt ihr denn keine Kohlen?«

»Wir haben kein Geld«, sagte der Alte betrübt.

»Aber was esst ihr denn?«, fragte der Hirte.

»Wir haben nichts zu essen.«

Die Könige schauten verwirrt und voller Mitleid auf den alten Mann und die junge Frau, das Kind und den spindeldürren Hund.

Dann sahen sie sich alle drei untereinander an. Ihre Gedanken waren eins, und siehe, der Strumpf mit dem Geld wurde ausgekehrt in den Schoß der Frau, der Sack mit den Esssachen wurde ausgeleert und alles, was darin war, auf ein wackliges Tischlein gelegt.

Der Alte griff gierig nach dem Brot und gab der jungen Frau einen rosigen Apfel, den sie, bevor sie hineinbiss, vor den lachenden Augen ihres Kindes drehte.

»Wir danken euch«, sagte der alte Mann, »Gott wird es euch lohnen!«

Und sie machten sich wieder auf den Weg, den Weg, den sie kannten, wie von selbst in der Richtung auf die »Wassernixe«, doch der Strumpf steckte zusammengerollt in Suskewiets Tasche, und der Sack war leer. Sie hatten keinen Pfennig, kein Krümelchen mehr.

»Wisst ihr eigentlich, warum wir alles diesen armen Menschen gegeben haben?«, fragte Pitjevogel.

»Nein«, sagten die andern.

»Ich auch nicht«, schloss Pitjevogel.

Bald darauf sagte der Hirt: »Ich glaube, dass ich es weiß! Sollte dieses Kind nicht vielleicht Gott gewesen sein?«

»Was du nicht denkst!«, lachte der Aalfischer. »Gott hat einen weißen Mantel an, mit goldenen Rändern besetzt, und hat einen Bart und eine Krone auf, wie in der Kirche.«

»Er ist früher zur Weihnacht doch in einem Stall geboren«, behauptete der Hirt.

»Ja, damals!«, sagte Pitjevogel, »doch das ist schon hundert Jahre her und noch viel länger.«

»Aber warum haben wir dann alles weggegeben?«

»Ich zerbreche mir auch den Kopf darüber«, sagte der Bettler, dem der Magen knurrte.

Und schweigend, mit Gaumen, die nach einem tüchtigen Schluck Genever und dick mit Senf bestrichenem Fleisch lechzten, kamen sie an der »Wassernixe« vorbei, wo Licht brannte und gesungen und Harmonika gespielt wurde. Pitjevogel gab den Stern dem Hirten wieder, der ihn aufzubewahren pflegte, und ohne noch ein Wort zu sprechen, gingen sie am Kreuzweg auseinander, jeder zu seiner Lagerstätte. Der Hirt zu seinen Schafen, der Bettler unter eine Strohmiete und Pitjevogel in seine Dachkammer, in die der Schnee hineinwehte.

Versöhnung ist möglich

FRITZ VINCKEN (BEARBEITET VON MANFRED LANG)

Herbst 1944. Viele am Rhein dachten, der Krieg geht zu Ende. Kaum jemand fürchtete die alliierte Invasion: Je früher, desto besser. Darum holte der Bäckermeister Vincken seine ausgebombte Familie, seine Frau und den zwölfjährigen Sohn Fritz, in seine Nähe in die Ardennen, wo er dienstverpflichtet war, um für die Wehrmacht Brot zu backen. Auf einem Kübelwagen brachte er die beiden nach stundenlanger Nachtfahrt den Amerikanern entgegen in eine leerstehende Baracke, die versteckt in einer Lichtung stand.

Aber die Front versteifte sich. Im Dezember kam es sogar zu einer Gegenoffensive. Tief eingeschneit harrten die zwei nach wie vor in der Hütte aus. Dem Vater fiel es aber immer schwerer, seine Familie zu versorgen. So kam der Heilige Abend 1944. Sein Sohn Fritz hat später aufgeschrieben, was damals geschah:

Wir hörten den ganzen Tag das dumpfe Dröhnen alliierter Kampfflugzeuge. Es war bitterkalt. Mutter bereitete am Ofen im spärlichen Licht einer Kerze eine Hühnersuppe. Vater war unterwegs, um zu organisieren. Auf einmal klopfte es an die Tür. Erschrocken zuckte ich zusammen und sah, wie Mutter hastig

die Kerze ausblies. Es klopfte wieder. Wir fassten uns ein Herz und machten auf. Draußen standen zwei Männer mit Stahlhelmen. Einer sprach in einer fremden Sprache und zeigte auf einen Dritten, der im Schnee lag. Wir begriffen: Diese Männer sind amerikanische Soldaten. Mutter stand regungslos neben mir. Sie waren bewaffnet und hätten ihr Eintreten erzwingen können, doch sie standen da und fragten mit den Augen. Der im Schnee Sitzende schien mehr tot als lebendig.
»Kommt rein!«, sagte Mutter mit einer einladenden Geste. Einer von ihnen konnte sich mit meiner Mutter auf Französisch verständlich machen. Mutter kümmerte sich nun um den Verwundeten. Am Ofen sitzend wich die Kälte von ihnen. Die Lebensgeister stellten sich wieder ein. Die Drei waren Versprengte, hatten ihre Einheit verloren und waren seit Tagen im Wald umhergeirrt.
Mutter trug mir auf: »Geh, bring noch sechs Kartoffeln.« Sie zündete eine zweite Kerze an und schnitt die gewaschenen, ungeschälten Erdäpfel in die Suppe hinein. Sie zu schälen, wäre damals Verschwendung gewesen. Der Verwundete hatte viel geblutet und lag teilnahmslos und still. Mutters Suppe verbreitete einen einladenden Duft. Ich war gerade dabei, den Tisch zu decken, da klopfte es wieder an die Tür. Ich erwartete weitere versprengte Amerikaner und öffnete ohne Zaudern.
Es waren Soldaten, vier Mann, und alle bis an die Zähne bewaffnet. Die Uniform war mir vertraut. Das waren unsere Soldaten der Wehrmacht. Ich war vor Schreck wie gelähmt.

Obschon ein Kind, wusste ich: »Wer den Feind begünstigt, wird erschossen!« War das unser Ende?
Mutter trat heraus. Ihre gefasste Stimme beruhigte mich etwas: »Ihr bringt eisige Kälte mit, wollt ihr mit uns essen?«, entfuhr es ihr. Damit hatte sie den richtigen Ton gefunden. Die Soldaten grüßten freundlich und waren sichtlich froh, am Heiligabend im Grenzland der Ardennen zwischen den Fronten Landsleute gefunden zu haben. »Dürfen wir uns etwas aufwärmen?«, fragte der Rangälteste, ein Unteroffizier. »Vielleicht können wir bleiben bis zum Morgen?«
»Natürlich«, antwortete Mutter herzlich und fügte dann mutig hinzu: »Es sind bereits drei Durchfrorene hier, um sich aufzuwärmen. Macht jetzt bitte am Heiligabend keinen Krawall!«
Der Unteroffizier hatte begriffen. Barsch verlangte er zu wissen: »Amis?«
Mutter sah jeden Einzelnen an und sagte langsam: »Ihr könntet meine Söhne sein und die da drinnen auch. Einer ist verwundet, gar nicht gut dran. Die anderen sind so hungrig und müde wie ihr.« Dann sagte sie zum Unteroffizier: »Es ist Heiligabend; hier wird nicht geschossen!«
Der starrte sie an. Für zwei, drei endlose Sekunden; doch Mutter sagte entschlossen: »Legt das Schießzeug auf das Holz und kommt rein!«
»Tut, was sie sagt!«, knurrte der Unteroffizier.
Wortlos legten sie ihre Waffen in den Schuppen, in dem wir unser Holz aufbewahrten: Drei Karabiner, zwei Pistolen,

ein leichtes Maschinengewehr und zwei Panzerfäuste. Den Amerikanern war der Feind nicht verborgen geblieben. Mit dem Mut der Verzweiflung waren sie willens, sich zur Wehr zu setzen. Als alle in der kleinen Stube waren, schienen sie ratlos. Mutter aber war in ihrem Element. Lächelnd suchte sie für jeden eine Sitzgelegenheit. Wir hatten drei Stühle, aber Mutters Bett war groß. Man schwieg sich an, es lag eine Gespanntheit in der Luft. Mutter machte sich wieder ans Kochen. Der Verwundete stöhnte laut auf. Einer der Deutschen beugte sich über ihn. »Sind Sie Sanitäter?«, fragte Mutter. Er erwiderte: »Nein, aber ich habe bis vor wenigen Monaten in Heidelberg Medizin studiert.« Dann erklärte er den Amerikanern auf Englisch: »Die Wunde ist dank der Kälte nicht entzündet. Aber er hat Blut verloren und braucht Ruhe und kräftiges Essen.«

Jetzt löste sich die Spannung. Der Unteroffizier nahm aus seinem Brotbeutel eine Flasche Rotwein, ein anderer legte ein Kommissbrot auf den Tisch. Mutter schnitt das Brot in Scheiben. Von dem Wein füllte sie etwas in den Becher: »Für den Kranken!« Der Rest wurde aufgeteilt.

Jetzt war alles für das Weihnachtsmahl bereitet. Zwei Kerzen flackerten auf dem Tisch. Am Kopfende saß Mutter auf einer improvisierten Sitzgelegenheit. Bei uns zu Hause war es nicht üblich, laut vor dem Essen zu beten. Doch nun war alles anders. Es war eine feierliche Stimmung. Keinem wäre es eingefallen, sich ohne Weiteres über das Mahl herzumachen. Wir fassten einander an den Händen. Mutter sprach mit ergreifender Innigkeit, als ob sie Weihnachten verkündete: »Komm, Herr Jesus, und sei unser Gast ...« Sie schloss mit den Worten: »Und bitte, mach endlich Schluss mit diesem Krieg.« Als ich mich in der Runde umsah, bemerkte ich Tränen in den Augen der Soldaten. Und niemand schämte sich. Schließlich gingen wir schlafen. Ich fand noch in Mutters Bett Platz. Nach einem kargen Frühstück zeigte der Unteroffizier den Amerikanern den Weg zu den amerikanischen Linien. Ein deutscher Kompass wechselte den Besitzer. »Passt auf, wo ihr geht. Viele Wege sind vermint. Wenn ihr eure Jabos (= Jagdbomber) hört, winkt ihnen wie der Teufel.« Der Mediziner übersetzte ins Englische. Dann bewaffneten sie sich wieder. Alle umarmten sich fröhlich; man versprach sich wieder zu sehen. »As soon as this damn war is over!« (»Sobald dieser verdammte Krieg vorüber ist!«)

In ganz Amerika ist diese Begebenheit bekannt, in der Feinde zusammentrafen und als Kameraden auseinandergingen. Der frühere amerikanische Präsident Ronald Reagan schrieb im Juli 1985 an Fritz Vincken:

»Während meiner Reise nach West-Deutschland habe ich vom Mut Ihrer Mutter und von Ihrem Mitleid während des Krieges gesprochen. Sie hat junge amerikanische und deutsche Soldaten gleichzeitig aufgenommen und das Mahl an Heiligabend mit ihnen geteilt. Ihre Geschichte muss immer wieder erzählt werden, weil keiner von uns zu viel über Frieden und Versöhnung hören kann.

Das vertrauensvolle Gebet Ihrer Mutter zum Fürst des Friedens: ›Komm, Herr Jesus, sei mit uns‹ vor dem Essen am Heiligen Abend bleibt eine zeitlose Unterweisung für uns alle.«

In der US-Fernsehserie »Ungelöste Geheimnisse« kam es im Januar 1996 zu einem Wiedersehen von Fritz Vincken mit den Amerikanern. Einer von ihnen besaß noch immer den deutschen Wehrmachtskompass, von dem er sich nie getrennt hat.

Der Christabend – Eine Familiengeschichte

LUDWIG THOMA

Bei Oberstaatsanwalt Saltenberger hatten sie drei Töchter, Emerentia, Rosalie und Marie. Alle im höchsten Grade fähig und entschlossen, dem ledigen Stande zu entsagen. Das herannahende Weihnachtsfest brachte die geliebten Eltern auf den Gedanken, dass sie ihre Kinder am besten mit Männern bescheren würden. Sie überlegten lange, wie dieses zu ermöglichen wäre. Mama Saltenberger meinte, ihr Mann sollte seine hervorragende Beamtenstellung in die Waagschale werfen und jüngere Kollegen durch die Macht seines Ansehens an ihre staatsbürgerlichen Pflichten erinnern. Saltenberger war nicht prinzipiell abgeneigt, aber er betonte, dass dieser Einfluss nur in ganz familiären Grenzen ausgeübt werden dürfe und dass man in der Wahl der Herrn sehr vorsichtig sein müsse. In geheimer Beratung wurde zur engeren Wahl der zukünftigen Familienmitglieder geschritten. Beide Eheleute einigten sich zunächst auf Karl Mollwinkler, zweiter Staatsanwalt. Er war ziemlich abgelebt, und sein kränklicher Zustand ließ hoffen, dass er sich nach der Pflege einer

geliebten Frau sehne. Als Zweiter ging Sebald Schneidler, königlicher Landgerichtssekretär, durch.
Nicht ohne Widerspruch. Frau Saltenberger fand die Stellung denn doch etwas subaltern. Ihr Mann hatte Mühe, sie zu überzeugen, dass die gegenwärtige Zeitrichtung die Standesunterschiede einigermaßen nivelliert habe und dass speziell in Heiratsfragen eine zu strenge Auffassung von Übel sei.
Schließlich kam man dahin überein, dass Schneidler sich in Anbetracht seiner sozialen Verhältnisse mit der ältesten Tochter, der vierunddreißigjährigen Emerentia, zu begnügen habe.
Die Aufstellung des dritten Kandidaten bereitete Schwierigkeiten.
Unter den Juristen fand sich trotz sorgfältigster Prüfung keiner mehr, der des Vertrauens würdig gewesen wäre. Man musste wohl oder übel in eine andere Sparte hinübergreifen. Aber auch da zeigten sich überall unüberwindliche Schwierigkeiten, und schon wollte der Oberstaatsanwalt an der gestellten Aufgabe verzweifeln, als im letzten Moment Frau Saltenberger den rettenden Gedanken fasste.
»Weißt du was, Andreas«, sagte sie, »wir nehmen einfach einen von der Post. Da sind die meisten Chancen, denn fast alle Verlobungen, welche man an Weihnachten in der Zeitung liest, gehen von Postadjunkten aus.«
Dieses leuchtete ihrem Manne ein, und er gab seine Zustimmung zur Wahl des Postadjunkten Jakob Geiger. Somit war die Sache entschieden; es galt nunmehr, die zur Bescherung

Vorgemerkten unter die drei Töchter zu verteilen. Und das war das Schwierigste. Der Friede wich aus dem Haus des Oberstaatsanwalts Saltenberger.

Emerentia brach in Tränen aus, als die Eltern von dem Plan sprachen; sie sei immer das Stiefkind gewesen, die anderen Fratzen habe man verhätschelt und verzogen, nur sie sei misshandelt worden, und jetzt solle sie sich mit einem Sekretär begnügen.

Vielleicht müsse sie noch Komplimente machen vor dem ekelhaften Ding, der Rosalie, die man natürlich zur Frau Staatsanwalt nehme, obwohl sie die Dümmste von allen sei. Aber nein! nein! und nein! Da kenne man sie schlecht. Sie lasse nicht auf sich herumtrampeln, und lieber verhindere sie den Plan, sodass gar keine einen Mann erwische, als dass sie sich mit dem Affen von einem Sekretär abfinden lasse.

Ihr Widerstand war leidenschaftlich, aber schlimmer als derjenige von Marie, welcher man den Postadjunkten zugedacht hatte. Sie war die Jüngste und durfte billig annehmen, dass sie auf dem Heiratsmarkt die besten Preise erzielen könne. Allerdings schielte sie, aber sie sagte sich, dass ein verständiger Mann solche Kleinigkeiten nicht beachte. Zudem, lieber schielen als einen Kropf haben wie Emerentia oder schlechte Zähne wie Rosalie. Papa Saltenberger hatte böse Tage; während er auf dem Bureau weilte, sammelte sich daheim eine unglaubliche Menge Sprengstoff an, welcher regelmäßig beim Mittagstisch explodierte.

So ging das nicht. Die Eltern beschlossen, die drei Herren als Ganzes zu bescheren und die Wahl den Kindern zu überlassen. Auf diese Weise hatten wenigstens sie Ruhe gefunden, wenngleich der Streit unter den Schwestern fortdauerte. Emerentia stickte in heimlicher Abgeschlossenheit an einem Paar Pantoffeln, und bei jedem Stich wurde sie fester entschlossen, dieselben nur dem zweiten Staatsanwalt Mollwinkler zum Zeichen ihrer Liebe an die Füße zu stecken. Rosalie häkelte einen Tabakbeutel, Marie strickte wollene Handschuhe.

Und jede wusste, wem sie die Gabe weihen würde. Alle drei zogen die Mutter ins Vertrauen, und da Frau Saltenberger einen gutmütigen Charakter hatte, sagte sie zu jeder verstohlen: »Kindchen, Kindchen, ich seh dich noch als Frau Staatsanwalt.«

Und jede war glücklich darüber. Erstens überhaupt, und dann, weil die zwei anderen Maulaffen vor Neid bersten würden.

So kam allmählich das heilige Weihnachtsfest heran mit seinem unvergesslichen Zauber für die Familie, jener Tag, an welchem die Junggesellen so ganz besonders Sehnsucht empfinden nach einem schöneren Los, nach einer liebenden Gattin und nach Kindern, welche mit ihren Spielzeugen um den Christbaum tanzen.

Oh, welche Gefühle walteten in dem Hause des Oberstaatsanwalts Andreas Saltenberger!

Das war ein Raunen und Flüstern, ein geheimnisvolles Weben, ein Hin und Her, von einem Zimmer in das andere, bis endlich um sieben Uhr Vater, Mutter und die drei Töchter sich im Salon versammelten, festlich geschmückt und sehr erwartungsvoll.

Jede der Schwestern erregte durch ihr reizendes Aussehen die Freude der Eltern und das verächtliche Mitleid der beiden anderen. Es läutete. Das Dienstmädchen eilte zur Türe, im Salon hielten fünf Menschen den Atem an. Wer kam? Eine tiefe Stimme, unverständlich, dann schlurfte das Mädchen zurück und übergab dem hastig öffnenden Papa einen Brief. Aufreißen und lesen. Sekretär Schneidler sagt mit bestem Dank ab, da er heimreise. Die drei Schwestern atmeten auf. Auf diesen Menschen hatte keine reflektiert. Es läutete wieder. Das Dienstmädchen überbrachte einen zweiten Brief. Die Absage des Herrn Staatsanwalts Mollwinkler wegen Unwohlseins. Drei Lebenshoffnungen waren vernichtet; der Vater blickte die Mutter an, die Schwestern bissen sich auf die Lippen, und ihr Schmerz wäre unerträglich gewesen, wenn sich nicht ein klein wenig Freude an der Enttäuschung der anderen darein gemengt hätte. Was tun? Papa Saltenberger raffte sich auf und sagte mit erzwungener Höflichkeit: »Wozu auch fremde Menschen? Nun wollen wir das Fest so recht unter uns begehen!« Da läutete es wieder. Und diesmal kam der königliche Postadjunkt Geiger, welcher noch niemals abgesagt hatte.

Er hatte es nicht zu bereuen. Er war der verhätschelte Liebling der Familie; er bekam ein Paar Pantoffeln, einen Tabakbeutel und wollene Handschuhe, viele Süßigkeiten, Äpfel und Nüsse.

Er trank einen sehr guten Wein und einen famosen Punsch, er aß Rheinsalm, Rehbraten und Pudding und bewunderte die Freigebigkeit der Familie, welche für ihn allein so reichlich auftragen ließ. Er sagte allen Damen Liebenswürdigkeiten und ließ sich von jeder in der gehobenen Stimmung auf die Füße treten.

Und als er ziemlich betrunken den Heimweg antrat, sagte er sich, dass das Familienleben doch ein Gutes, besonders hinsichtlich der leiblichen Genüsse habe. Und er verlobte sich am Silvesterabend mit der wohlhabenden Witwe Reisenauer, welche ein gut gehendes Geschäft am Marktplatz hatte.

Fest der Liebe

GERHARD KARRER

3 Minuten

Es war eine sternenklare Nacht. Ich dachte, ein Nachtspaziergang wäre traumhaft. Ich wünschte mir fortzukommen. Doch ich saß zu Hause, blickte aus dem Fenster, die Sterne funkelten, der Schnee fiel leise und ließ meine Gedanken immer weiter fortschweben. »Wohin soll ich gehen, wie meine Liebe zeigen?« Heute an diesem besonderen Fest. Da kleidete ich mich an, mummelte mich ein und stapfte hinaus in die Nacht. Es war kalt, saukalt sogar. Aber ich war vorbereitet und blieb einige Zeit in der dunklen Nacht. Ich ging an den Häusern vorbei, dachte über die Bewohner nach und wünschte Ihnen alles Gute. Vielleicht haben sie es gespürt. Aber was, wenn sie es nicht gespürt haben, wie kann ich das, was in mir ist, äußern. Was soll ich tun? Vielleicht muss ich meinen ganzen Mut zusammen nehmen.

Da wusste ich plötzlich, ich musste nicht in irgendein Haus gehen, sondern in ein ganz bestimmtes, dort wurde ich erwartet, dorthin ging mein Weg. Dort ging es um Liebe, die Liebe schlechthin.

Nach einer halben Stunde Fußmarsch erreichte ich das Gehöft. In der Stube brannte noch Licht. Es war schon sehr spät. War ich vorher noch so mutig gewesen, so verließ mich der Mut für einige Augenblicke. Es alles belassen, wie es ist. Keiner hätte Schaden genommen. Doch heute, am Heiligen Abend, wollte ich am Fest der Liebe Liebe zeigen. Doch es fiel mir so schwer. So viele Verletzungen und Kränkungen schleppte ich mit mir rum. Sie auch? Ich war nah dran, wieder zu gehen. Mir ging durch den Kopf, sie würde mich wieder abweisen, sich wieder in ihre »Macht mir nichts aus-Maske« flüchten. Wir konnten ja ganz gut oberflächlich miteinander. Aber die Tiefe war verschwunden. Sie war im Laufe der Jahre abhanden gekommen. Wohl von beiden. Sicher, da war Respekt und eine gewisse gegenseitige Wertschätzung. Aber die machte beide nicht satt.

Ich erinnerte mich an meine Kindheit, wie wir an Heiligabend durch die Fenster gespäht haben, ob wir das Christkind entdecken würden. Doch meist sahen wir unsere Eltern nur, wie sie die letzten Vorbereitungen trafen für die Feier des Heiligen Abends. Jetzt machte ich es wieder so und blickte durch eines der Fenster, bei dem die Vorhänge noch nicht zugezogen waren. Sie saß am Tisch und war über einem Buch eingeschlafen. Alle anderen waren wohl schon im Bett. Ich klopfte an die Scheibe. Sie wurde aus dem Schlaf gerissen. Erschrocken blickte sie zum Fenster. Ob sie mich überhaupt erkennen konnte? Ich rief: »Ich bin`s!« Sie ging zur Tür, schloss sie etwas umständlich auf und dann stand sie vor mir: alt, müde, ausgemergelt, aber doch mit einem letzten Glanz in den Augen.

Der muss es wohl gewesen sein und die Stimmung an diesem Abend, am Fest der Liebe. Denn ich drückte ihre Hand länger als sonst, sagte: »Frohe Weihnachten!«... dann schluckte ich ein paar Mal, es fiel mir nicht leicht, doch heute wollte ich es und ergänzte: »Schön, dass du mich geboren hast!«

Das Geschenk der Weisen

O. Henry

12 Minuten

Ein Dollar und siebenundachtzig Cent. Das war alles. Und sechzig Cents davon waren in Pennys. Pennys, die sie Cent für Cent dem Lebensmittelhändler, dem Gemüsehändler und dem Metzger abgerungen hatte, bis ihre Wangen glühten vor Schamesröte über den Verdacht der Knausrigkeit, den ein solch hartes Feilschen nun mal mit sich brachte. Dreimal zählte Della sie durch. Ein Dollar und siebenundachtzig Cent. Und morgen war Weihnachten. Da war einfach nichts weiter zu tun, als sich auf die abgewetzte Couch fallen zu lassen und zu heulen. Und das tat Della dann auch. Was uns zu der philosophischen Betrachtung führt, dass das Leben aus Schluchzen, Schniefen und Lächeln besteht, wobei das Schniefen überwiegt.

Während die Hausherrin allmählich vom ersten in das zweite Stadium wechselt, wollen wir einmal einen Blick auf ihr Heim werfen. Eine möblierte Wohnung für acht Dollar die Woche. Sie war nicht gerade ärmlich, aber doch nahe daran.

Unten im Hausflur hing ein Briefkasten, in den niemals ein Brief den Weg fand, und ein Klingelknopf, dem kein sterblicher Finger je ein Klingeln entlocken konnte. Und dazu gehörte auch ein Namensschild mit dem Namen »Mr. James Dillingham Young.«

Das »Dillingham« war in den Namen geraten während einer vergangenen Periode des Wohlstands, als sein Besitzer noch dreißig Dollar die Woche verdiente. Jetzt aber, da das Einkommen auf zwanzig Dollar geschrumpft war, dachten sie ernstlich daran, es zu einem bescheidenen und unauffälligen ›D.‹ abzukürzen. Doch immer wenn Mr. James Dillingham Young nach Hause kam und seine Wohnung betrat, wurde er »Jim« genannt und heiß umarmt von Mrs. James Dillingham Young, die uns schon als Della bekannt ist. So weit, so gut.

Della hörte auf zu weinen und puderte sich die Wangen. Sie stellte sich ans Fenster und blickte trübe hinaus auf eine graue Katze, die über einen grauen Zaun in dem grauen Hinterhof pirschte. Morgen war Weihnachten, und sie hatte nur einen Dollar siebenundachtzig, mit dem sie für Jim ein Geschenk kaufen konnte. Seit Monaten hatte sie wirklich jeden Penny gespart, und das war das Ergebnis. Mit zwanzig Dollar die Woche kam man nicht weit. Die Ausgaben waren höher gewesen, als sie veranschlagt hatte. Das ist immer so. Gerade mal ein Dollar siebenundachtzig für ein Geschenk für Jim. Ihren Jim. Viele glückliche Stunden hatte sie damit verbracht, sich etwas Hübsches für ihn auszudenken. Etwas ganz Feines, Seltenes und Gediegenes – etwas, dem es zu Ehre gereichen würde, von Jim besessen zu werden.

Zwischen den Fenstern hing ein Wandspiegel. Vielleicht haben Sie schon einmal einen Wandspiegel in einer

Acht-Dollar-Wohnung gesehen. Eine sehr schlanke und bewegliche Person kann es schaffen, durch das Betrachten einer schnellen Abfolge von länglichen Streifen einen recht genauen Eindruck von ihrem Aussehen zu erhalten. Und die schlanke Della hatte es zur Meisterschaft in dieser Kunst gebracht.
Plötzlich wirbelte sie vom Fenster weg und stellte sich vor den Spiegel. Ihre Augen glänzten, aber ihr Gesicht verlor innerhalb von zwanzig Sekunden seine Farbe. Schnell löste sie ihr Haar und ließ es zu seiner vollen Länge herabfallen.
Es gab zwei Besitztümer der James Dillingham Youngs, in die beide großen Stolz setzten. Das waren Jims goldene Uhr, die vor ihm seinem Vater und seinem Großvater gehört hatte, und Dellas Haar. Wenn die Königin von Saba in den Wohnung gegenüber gewohnt hätte, dann würde Della ihr Haar zum Trocknen aus dem Fenster gehängt haben, nur um die Juwelen und Gaben Ihrer Majestät verblassen zu lassen. Und wäre König Salomon hier Hausmeister gewesen inmitten seiner aufgestapelten Schätze im Erdgeschoss, würde Jim jedesmal, wenn er an ihm vorüberging, seine Uhr herausgezogen haben, nur um zu sehen, wie er sich aus Neid seinen Bart ausrupfte.
Nun fiel Dellas schönes Haar wellend und leuchtend wie eine Kaskade goldbraunen Wassers an ihr herunter. Es reichte ihr fast bis über die Knie und war beinahe ein Gewand für sie. Nervös und hastig steckte sie es wieder hoch. Eine Minute lang zögerte sie und stand regungslos da, während ein oder zwei Tränen auf den abgetretenen roten Teppich tropften.

Sie zog sich ihre alte braune Jacke an, setzte sich ihren alten braunen Hut auf und mit wehendem Kleid und einem glänzenden Funkeln in den Augen flatterte sie aus der Tür und die Treppen hinunter hinaus auf die Straße. Dort hielt sie vor einem Schild an, auf dem stand: »Mme. Sofronie. An- und Verkauf von Haaren aller Art.«

Della flog eine Treppe hinauf und sammelte sich keuchend. Madame, groß, zu weiß geschminkt und kühl, sah kaum aus wie »Sofronie«. »Kaufen Sie mein Haar?«, fragte Della.

»Ich kaufe Haar«, sagte Madame. »Nehmen Sie den Hut ab und lassen Sie mal sehen, was Sie haben.« Die braune Kaskade floss herab. »Zwanzig Dollar«, sagte Madame, während sie die Masse in der Hand wog. »Geben Sie es mir – schnell«, sagte Della.

Und die nächsten zwei Stunden vergingen auf rosa Schwingen. Vergessen wir die abgegriffene Metapher. Sie durchstöberte die Geschäfte nach einem Geschenk für Jim.

Schließlich fand sie es. Es war ganz bestimmt nur für Jim gemacht und für niemanden sonst. Es gab nichts Vergleichbares in den anderen Geschäften, und die hatte sie alle auf den Kopf gestellt. Es war eine Uhrkette aus Platin, einfach und geschmackvoll, die ihren Wert durch ihre Substanz und nicht durch protzige Verzierungen offenbarte – so wie alle guten Dinge es tun sollten. Es war sogar *Der* Uhr würdig. Sobald sie sie sah, wusste sie, dass sie Jim gehören musste. Sie war wie er. Schlichtheit und Größe – diese Beschreibung traf auf beide zu. Einundzwanzig Dollar wollten sie dafür haben, und mit siebenundachtzig Cent eilte sie nach Hause zurück. Mit dieser Kette an der Uhr würde Jim in jedweder Gesellschaft immer nach der Zeit sehen wollen. Die Uhr war großartig, aber manchmal blickte er nur heimlich darauf wegen des alten Lederbands, das er an Stelle einer Kette benutzte.

Als Della wieder zu Hause war, machte ihr Rausch langsam wieder der Klugheit und der Vernunft Platz. Sie holte die Brennschere heraus, entzündete das Gas und machte sich ans Werk, die Verwüstungen zu beseitigen, die ihre Großzügigkeit in Verbindung mit Liebe angerichtet hatten. Was immer eine enorme Arbeit ist, liebe Freunde – eine Riesenarbeit.

In vierzig Minuten wurde ihr Kopf bedeckt von niedlichen, enganliegenden Locken, die sie wunderbar aussehen ließ wie einen bummelnden Schuljungen. Lange, sorgfältig und kritisch betrachtete sie ihr Spiegelbild.

»Wenn Jim mich nicht umbringt«, sagte sie zu sich, »bevor er einen zweiten Blick auf mich wirft, wird er sagen, dass ich aussehe wie ein Chormädchen auf Coney Island. Aber was hätte ich tun können – oh! Was hätte ich mit einem Dollar siebenundachtzig anfangen können?«

Um sieben war der Kaffee fertig und die Bratpfanne hinten auf dem Herd heiß und bereit, die Koteletts aufzunehmen. Jim kam nie zu spät. Della legte die Uhrenkette in der Hand zusammen und saß auf der Tischecke nahe der Tür, durch die er immer hereinkam. Dann hörte sie seine Schritte auf der Treppe unten im ersten Stock, und für einen Moment erbleichte sie. Sie hatte die Angewohnheit, zu den einfachsten alltäglichen Dingen ein kleines stilles Gebet zu sprechen, und nun flüsterte sie: »Lieber Gott, bitte hilf, dass er mich immer noch schön findet.«

Die Tür ging auf und Jim trat ein und schloss sie hinter sich. Er sah schmal aus und sehr ernst. Armer Kerl, er war erst zweiundzwanzig – und schon mit einer Familie belastet! Er brauchte einen neuen Mantel, und er hatte keine Handschuhe.

Jim war an der Tür stehengeblieben, unbeweglich wie ein Vorstehhund, der eine Wachtel wittert. Seine Augen waren auf Della gerichtet, und in ihnen war ein Ausdruck, den sie nicht deuten konnte und der ihr Angst einflößte. Es war weder Ärger, noch Überraschung und auch nicht Schrecken oder irgendeines jener Gefühle, mit denen sie gerechnet hatte. Er starrte sie einfach nur an mit diesem eigenartigen Ausdruck im Gesicht.

Della glitt von der Tischkante und ging zu ihm.

»Jim, Liebling«, rief sie, »sieh mich nicht so an. Ich habe meine Haare abgeschnitten und verkauft, weil ich es nicht ertragen konnte, Weihnachten ohne ein Geschenk für dich zu sein. Sie werden wieder wachsen – es stört dich doch nicht, oder? Ich musste es einfach tun. Mein Haar wächst furchtbar schnell. Sag ›Frohe Weihnachten!‹, Jim, und lass uns fröhlich sein. Du weißt gar nicht, was für ein nettes – was für ein schönes, hübsches Geschenk ich für dich habe.«

»Du hast deine Haare abschneiden lassen?«, fragte Jim mühsam, als ob er diese offensichtliche Tatsache trotz größter geistiger Anstrengung noch nicht erfasst hätte.

»Abgeschnitten und verkauft«, sagte Della. »Hast du mich jetzt nicht mehr so lieb? Ich bin doch immer noch ich, auch ohne meine Haare, oder?«

Jim sah sich neugierig im Zimmer um. »Du sagst, dein Haar ist weg?« sagte er mit einem schon beinahe idiotischen Ausdruck. »Du brauchst nicht danach zu suchen,« sagte Della. »Es ist verkauft, sag ich dir – verkauft und weg. Wir haben Heilig Abend, Menschenskind. Sei nett zu mir, ich hab's für dich getan. Vielleicht waren die Haare auf meinem Kopf gezählt«, fuhr sie in unvermittelter ernster Verliebtheit fort, »aber niemand könnte jemals meine Liebe für dich zählen. Soll ich die Koteletts aufsetzen, Jim?«

Schnell erwachte Jim aus seiner Benommenheit. Er umarmte Della. (...)

Die Weisen brachten wertvolle Geschenke, aber dieses war nicht darunter. Diese dunkle Feststellung werden wir später erhellen. Jim zog ein Päckchen aus der Manteltasche und warf es auf den Tisch.

»Versteh mich bloß nicht falsch, Dell«, sagte er. »Ich glaube nicht, dass irgendein Haareschneiden, Legen oder Waschen mich je dazu bringen könnte, mein Mädchen auch nur um ein Jota weniger zu mögen. Aber wenn du dieses Päckchen aufmachst, dann wirst du verstehen, warum ich mich erst mal wieder einkriegen musste.«

Weiße flinke Finger zerrten an der Schnur und dem Papier. Und dann ein entzückter Freudenschrei und danach – leider! – ein blitzartiger weiblicher Wechsel zu hysterischem Weinen und Klagen, die die sofortige Aufbietung aller tröstenden Kräfte des Hausherrn nötig machten.

Denn vor ihr lagen *Die* Kämme – ein Satz von Kämmen, die Della schon so lange in einem Schaufenster am Broadway bewundert hatte. Wunderschöne Kämme, echtes Schildpatt, mit steinbesetzten Rändern – gerade von der richtigen Farbe, um sie in dem verschwundenen Haar zu tragen. Es waren teure Kämme, das wusste sie, und sie hatte sich nach ihnen gesehnt, ohne darauf zu hoffen, sie jemals zu besitzen. Und nun gehörten sie ihr, aber die Locken, die diesen begehrten Schmuck geschmückt haben sollten, waren weg.

Sie drückte ihn fest an ihre Brust und schließlich war sie in der Lage, zu ihm mit verschwommenen Augen und einem Lächeln aufzublicken, und sie sagte: »Meine Haare wachsen schnell, Jim!«

Aber dann machte sie einen Satz wie eine angesengte kleine Katze und rief: »Oh, oh!«

Jim hatte noch gar nicht ihr schönes Geschenk gesehen. Eifrig hielt sie es ihm in der offenen Hand hin. Das stumpfe wertvolle Metall schien aufzublitzen im Widerschein ihrer heiteren, leidenschaftlichen Stimmung.

»Ist sie nicht toll, Jim? Ich bin durch die ganze Stadt gerannt, um sie zu finden. Du wirst jetzt am Tag hundert Mal auf die Uhr sehen. Gib mir die Uhr. Ich möchte sehen, wie sie sich daran macht.«

Anstatt zu gehorchen, ließ Jim sich auf die Couch fallen, verschränkte die Hände hinter dem Kopf und lächelte.

»Dell«, sagte er, »lass uns die Weihnachtsgeschenke für eine Weile beiseitelegen. Sie sind zu schön, um sie gleich jetzt zu benutzen. Ich hab die Uhr verkauft, um Geld für die Kämme zu haben. Und jetzt wäre es nett, wenn du die Koteletts aufsetzen könntest.«

Die Weisen des Morgenlandes waren kluge Männer – wunderbar kluge Männer – die Geschenke für das Kind in der Krippe brachten. Sie haben die Kunst, Weihnachtsgeschenke zu machen, erfunden. Klug wie sie waren, waren auch ihre Geschenke zweifellos klug und beinhalteten nach Möglichkeit das Recht, sie umzutauschen, falls man zweimal dasselbe bekam. Und hier habe ich den schwachen Versuch gemacht, Ihnen die ereignislose Geschichte zweier einfältiger Erdenkinder in einer Mietwohnung zu erzählen, die höchst unklug füreinander die größten Schätze in ihrem Besitz opferten. Aber als ein letztes Wort an die Weisen dieser Tage lassen Sie mich sagen, dass von allen, die Geschenke machten, diese beiden doch die Klügsten waren. Von allen, die Geschenke machen und empfangen, sind solche wie sie die klügsten. Allenthalben sind sie die klügsten. Sie sind die wahren Weisen.

Der gestohlene Weihnachtsbaum

Jürgen Banscherus

5 Minuten

Es war ein ganz normaler Heiligabend. Schon am Morgen sauste Mama wie ein Brummkreisel durch die Wohnung. Mittags gab es für Papa und Malte aufgewärmte Bohnensuppe. Am Nachmittag verwandelte sich die Küche in eine dampfende Höhle aus geheimnisvollen Düften von Soßen, Gänsebraten, Safran, Liebstöckel und vielen anderen Gewürzen. Irgendwann verlor Mama den Überblick und schimpfte auf Weihnachten und Papa und Malte und die ungenauen Rezepte und das Leben überhaupt. Aber schließlich war sie doch pünktlich fertig. Nur der Nachtisch musste noch zubereitet werden.

»Wo ist der Baum?«, hörte Malte auf einmal seine Mutter rufen.

»Ich dachte, du hättest einen besorgt«, sagte Papa.

»Wieso ich? Du bist für den Baum zuständig!«, schimpfte Mama.

»Nein, du!«, rief Papa.

»Nein, du!«, rief Mama.

So ging es eine Weile hin und her. Endlich sagte Papa: »Dann gibt es eben eine Bescherung ohne Weihnachtsbaum.«

»Kommt überhaupt nicht infrage«, sagte Mama. »Irgendwo kriegst du doch bestimmt noch einen!«
Malte und Papa sprangen ins Auto und brausten los. Aber alle Tannenbaumverkäufer waren verschwunden. Sogar die Tore der Bauernhöfe vor der Stadt waren verschlossen.

Als Papa und Malte nach Hause zurückkehrten, brachten sie nur ein paar Tannenzweige mit. Die hatten sie an einem verlassenen Verkaufsstand gefunden. Malte hätten die Zweige für die Bescherung ausgereicht. Aber Mama ließ sich nicht überreden. »Ohne Baum gibt es keine Weihnachtsgeschenke«, sagte sie zu Papa. »Sieh zu, wo du einen findest.«
»Soll ich etwa einen Baum aus dem Wald holen?«, fragte der.
»Wenn's sein muss«, gab Mama zurück und machte sich an die Zubereitung des Nachtischs.
Seufzend zogen sich Malte und Papa ein zweites Mal Anoraks und Winterschuhe an, holten den Spaten aus dem Keller und fuhren zum Stadtwald. Während der Fahrt sprachen sie kein Wort. Auf einem leeren Parkplatz ließen sie den Wagen stehen. Es dauerte nicht lange, bis sie eine Schonung fanden. Dort standen Fichten in Weihnachtsbaumgröße.
Papa flüsterte Malte ins Ohr: »Keine Sorge, nach Weihnachten bringen wir den Baum zurück.«
Er kletterte über den Zaun und grub hastig eine schlanke Fichte aus. Malte hätte lieber die dicke daneben genommen. Aber Papa war nicht mehr zu stoppen.

Plötzlich blendete sie das Licht einer Taschenlampe und eine Stimme fragte: »Was tun Sie da?«
»Tja ... äh ... wissen Sie ...«, stotterte Papa. »Wir dachten ... also, wir wollten den Baum nur ausleihen.«
Das Licht erlosch. Vor ihnen stand ein kräftiger Mann in grüner Uniform. Das konnte nur der Förster sein! Was suchte der um diese Zeit im Wald? Warum feierte er nicht Weihnachten?
»Soso, nur ausleihen wollten Sie ihn«, knurrte der Mann. »Na, das erzählen Sie mal der Polizei. Kommen Sie! Und nehmen Sie die Fichte mit!«

Zur Polizeiwache war es nicht weit.
»Müssen wir jetzt ins Gefängnis?«, flüsterte Malte seinem Vater zu.
Papa strich ihm mit der freien Hand über den Kopf. Die andere musste die Fichte halten. »Bestimmt nicht«, flüsterte er zurück. »Aber wir sitzen mächtig in der Patsche.«
In der Polizeiwache hockten zwei Polizisten hinter einer hohen Theke. Ein kleiner Weihnachtsbaum stand in einer Ecke des Raums, ein paar elektrische Kerzen brannten. Die Beamten staunten nicht schlecht, als Papa und Malte die Fichte hereinschleppten.
»Die beiden wollten den Baum stehlen«, erklärte der Förster.
»Das wüsste ich gern ein bisschen genauer«, sagte der größere der beiden Polizisten.

Während Papa erzählte, machte sich der Beamte Notizen. Danach tippte er das Geständnis in den Computer, druckte es aus und ließ es unterschreiben.

»Darf ich bitte meine Frau anrufen?«, fragte Papa, nachdem er dem Polizisten den Kugelschreiber zurückgegeben hatte. »Sie sorgt sich bestimmt um uns. Außerdem wartet sie mit dem Essen.«

Das Telefongespräch zwischen Mama und Papa verlief ziemlich merkwürdig. Ständig sagte Papa: »Ja, aber ...« und »Das geht doch nicht!«.

Schließlich rief er: »Du bist verrückt!«, und klappte sein Handy zu.

»Sie kommt her«, sagte er zu Malte.

»Wieso denn das?«, fragte der.

»Lass dich überraschen«, antwortete Papa und lächelte, wie er seit einer Stunde nicht mehr gelächelt hatte.

Wenig später hielt ein Taxi vor der Polizeiwache. Mama stieg aus. Zusammen mit dem Taxifahrer schleppte sie Päckchen, Schüsseln, Teller, Gläser und Besteck herein. Die Päckchen legte sie unter den Weihnachtsbaum, das Übrige baute sie auf der Theke auf. Die beiden Polizisten und der Förster schauten mit offenen Mündern zu. Schon bald duftete es in der Wache nach Gänsebraten, Krapfen und Zitronenkuchen.

»Aber das geht nun wirklich nicht«, krächzte der Polizist, der Papa vernommen hatte.

»Warum denn nicht?«, erwiderte Mama. »Wollen Sie wirklich, dass mein Sohn Weihnachten ohne Weihnachtsbaum feiern muss?«

Die beiden Polizisten schüttelten den Kopf.

»Na also«, sagte Mama.

Es wurde eine wunderschöne Feier. Malte bekam ein Skateboard, zwei superschnelle Rennwagen für seine Carrera-Bahn und vier Krimis.

Die Polizisten ließen sich den Gänsebraten schmecken und sangen Stille Nacht, heilige Nacht. Und zwar zweistimmig und alle Strophen.

Der Förster war so begeistert von Mamas Zitronenkuchen, dass er die Anzeige gegen Papa zurückzog. Die Fichte allerdings pflanzte er gleich am nächsten Tag wieder ein.

Weihnachten mit Hindernissen

VERFASSER UNBEKANNT

9 Minuten

Jedes Jahr zu Weihnachten gerät Maria – die Namensgleichheit mit der Mutter des Christkindes war durchaus von der Familie gewollt – in richtigen Stress. Schließlich hat sie die Verantwortung für ein perfektes Weihnachtsfest für die ganze Familie. Schon in den Wochen vor Heiligabend muss vieles vorbereitet werden. Da muss Maria Geschenke aussuchen, einpacken und vor den neugierigen Augen der Familie versteckt halten. Die Auswahl des passenden Geschenkes für so manches Familienmitglied fällt nicht immer gerade leicht. Da ist zum Beispiel die 15-jährige Kirsten, Marias Nichte, die in ihrem Alter natürlich einen sehr eigenwilligen Geschmack hat. Die Oma von 95 Jahren, die zwar gerne nascht, aber es nicht darf und ansonsten ja auch schon alles hat. Sicher wäre es einfacher, jedem Familienmitglied einfach einen Gutschein zu übergeben, doch da würde der Weihnachtssegen mit Sicherheit schief hängen. In diesem Jahr war Maria allerdings früh dran. Schon am 2. Advent konnte auf der Weihnachtscheckliste der Punkt Geschenke als erledigt abgehakt werden.

Doch jetzt folgt noch die Planung des Weihnachtsessens. Auch ein Akt für sich. Schließlich will Oma am liebsten eine Gans, weil es an Weihnachten halt so Tradition bei Meiers ist. Opa bevorzugt da eine Ente, weil die nicht so fettig ist. Und Maria tendiert eigentlich eher zu Kartoffelsalat und Würstchen am Heiligen Abend, so wie ihre Mutter dies Problem in den Jahren ihrer Kindheit auch immer gelöst hat. Schließlich geht die ganze Familie vor dem Abendessen in die Kirche und zudem kann es den anderen doch auch nicht gefallen, wenn Maria an den Feiertagen mit den Nerven völlig runter ist. Also schnell noch zum Metzger in der Stadt gefahren und die leckeren Brühwürste sowie den hausgemachten Kartoffelsalat gekauft. So kann Maria auch diesen Punkt auf ihrer Weihnachtscheckliste als erledigt betrachten.

Maria macht sich auch frühzeitig auf die Suche nach dem passenden Weihnachtsschmuck, denn schließlich muss das ganze Haus in festlichem Glanz und in gewohnter, weihnachtlicher Perfektion erstrahlen. Einen perfekten Weihnachtsbaum wollte Maria haben. Die Lichterketten funktionieren noch, dass hatte sie getestet. Die Weihnachtskugeln, sie stammten noch aus den Kindertagen, waren Gottlob heil geblieben. Lametta ist auch noch ausreichend vorhanden. An die Tür kommt der obligatorische Weihnachtskranz und auf die Fensterbank die Weihnachtspyramide mit den hübschen Engeln. Fehlt nur noch die Krippe, die auch schon viele Weihnachten bei Maria erlebt hatte. Und schon erstrahlt die ganze Wohnung in weihnachtlichem Glanz.

Maria kann gar nicht verstehen, warum so viele Leute sich über Weihnachtsstress beklagen. Bei ihr ist alles perfekt und in der richtigen Zeit organisiert. Wochenlang wie ein angestochenes Huhn durch die Gegend zu laufen, ist eben nicht Marias Stil. Weihnachten kann auch in der Einfachheit perfekt sein. Am Fest der Liebe geht es schon zum Mittagessen los, wenn die Eltern ankommen. Die Schwiegereltern rücken meist erst am Nachmittag an und bringen Stollen mit. Auch eine Tradition zum Kaffee am Heiligen Abend, Stollen zu essen. Dann werden die ewig neuen, alten Geschichten erzählt und alle sind froh als Marias Vater einen schönen Weihnachtsspaziergang vorschlägt. Die Familie wandert also durch die Siedlung bis an das Ufer des Rheins. Leise fallen ein paar Schneeflocken. Die Gärten erstrahlen im Licht der Weihnachtsbeleuchtung und die hell erleuchtete Kirche wirkt irgendwie verlockend. Also geht die Familie heute doch in die Kirche, obwohl das in diesem Jahr eigentlich nicht geplant war. Nach dem Gottesdienst geht es langsam wieder zurück nach Hause. Erwartungsvoll schaut Maria zu ihrem Mann hinüber und wartet darauf, dass er die Haustür aufschließt. So langsam wird es nämlich allen kalt. Ihr Mann schaut allerdings fragend Maria an, denn er hat keinen Schlüssel. Er ist fest davon überzeugt, dass Maria den Schlüssel eingesteckt hätte. Damit hat sich die perfekte Weihnacht zu einer Katastrophe entwickelt. Marias Nachbarin hat den Auflauf vor dem Haus bemerkt und kommt heraus, um nach dem Rechten zu sehen. Maria bittet ein bisschen kläglich darum, einmal telefonieren zu dürfen, weil sie dringend einen Schlüsseldienst bräuchten. Die Nachbarin ist eine sehr liebenswerte Frau und bittet die ganze Familie, hereinzukommen, damit sich keiner an Weihnachten noch eine Erkältung holt. Maria wehrt zunächst ab. Schließlich ist Weihnachten, da kann man doch nicht stören. Doch die Nachbarin ist der Meinung, dass gerade an Weihnachten doch schließlich jeder willkommen sein sollte.

Maria und ihre Familie lassen sich also überreden. Sofort fällt Maria auf, dass sie hier stören, denn perfekt ist in diesem Haus wirklich nichts. Der Nachbar und sein Vater versuchen krampfhaft den Weihnachtsbaum aufzustellen. Die Lichterkette hängt äußerst wirr in den Ästen und der meiste Baumschmuck befindet sich an den unteren Ästen. Sieht so aus, als wäre der Sohnemann des Hauses mit dem Schmücken beauftragt worden. Aber was für einen Baumschmuck haben die Eltern ihm da an die Hand gegeben. Strohsterne und kleine Päckchen aus Pappe sowie Glanzpapiergirlanden hängen kreuz und quer im Weihnachtsbaum. Alles wirkt ein bisschen schief. Alles, bis auf das glückliche Lächeln der Nachbarsfamilie. Aus der Küche kommt die Tochter des Hauses. Von oben bis unten ist sie mit Mehl befleckt und in der Hand hält sie einen Teller mit selbstgebackenen Keksen. Perfekt ausgestochen sind die allerdings auch nicht. Um höflich zu sein, probiert Marias Familie die Kekse dann allerdings doch – und sie schmecken tatsächlich hervorragend.

Die Herrin des Hauses kommt inzwischen mit Kaffee aus der Küche. Einen Stapel Geschirr und Besteck hat sie ebenfalls im Gepäck. Was nun folgt, ist die unkomplizierte Einladung zum Weihnachtsessen. Aber das geht doch nicht! So etwas kann man doch gerade an Weihnachten nicht annehmen, denkt zumindest Maria. Sie schaut zu ihrer Familie und stellt fest, dass ihr Mann mittlerweile beim Aufstellen des Weihnachtsbaums hilft. Ihr Vater hat den Junior der Nachbarn auf den Schultern und hilft ihm beim Schmücken des Baums. Marias Tochter sitzt mit der Nachbarstochter kichernd auf dem Sofa und tauschen Keksrezepte aus. Und Marias Mutter scheint verschwunden zu sein. Maria findet sie mit der Nachbarin in der Küche. Die beiden Frauen pellen gemeinschaftlich Kartoffeln und schnippeln sie in eine riesige Schüssel. Die Nachbarin stellt strahlend fest, dass der Kartoffelsalat bald fertig sei.
Und so findet das Weihnachtsessen von Marias Familie ganz automatisch am Tisch der Nachbarn statt, auch wenn man ein wenig zusammenrücken muss. Das ist aber allen völlig egal, ebenso wie das zusammengewürfelte Geschirr. Der Salat schmeckt lecker und die Würstchen sind heiß. Der Schlüsseldienst kommt erst später. Und alle finden, dass ein perfektes Weihnachtsfest eigentlich immer genau so aussehen sollte.

Das Weihnachtsgeschenk

FATHER JOE

3 Minuten

Paul bekam von seinem Bruder zu Weihnachten ein Auto geschenkt. Als Paul am Nachmittag des Heiligen Abend sein Büro verließ, sah er, wie ein Junge um sein nagelneu blitzendes Auto herumschlich. Er schien begeistert davon zu sein.
»Ist das Ihr Auto, Mister?« fragte er.
Paul nickte. »Ja, mein Bruder hat es mir zu Weihnachten geschenkt.« Der Junge blieb wie angewurzelt stehen. «Mensch, ich wünschte ….«. Er zögerte. Natürlich wusste Paul, was der Junge sich wünschte. Auch so einen Bruder zu haben. Aber was er sagte, kam für Paul so überraschend, dass er seinen Ohren nicht traute. »Ich wünsche mir«, fuhr der Junge fort, »ich könnte auch so ein Bruder sein«. Paul sah den Jungen an – und fragte ihn spontan: »Hast du Lust auf eine kleine Spritztour mit dem neuen Auto?«
»Das wäre echt toll!«
Nachdem sie eine kurze Strecke gefahren waren, fragte der Junge mit glühenden Augen: »Würde es Ihnen etwas ausmachen, bis zu unserer Haustür zu fahren?« Paul schmunzelte: Er wollte seinen Nachbarn zeigen, dass er in einem großen

Auto nach Hause gefahren wurde. Paul irrte sich ein zweites Mal.

»Können Sie da anhalten, wo die Stufen beginnen?« Er lief die Stufen hinauf. Nach kurzer Zeit hörte er ihn. Er kam nicht schnell gerannt. Der Junge trug seinen behinderten kleinen Bruder. Er setzte ihn auf der untersten Stufe ab und erzählte ihm von dem Auto. »Eines Tages werde ich dir auch ein Auto schenken, dann kannst du dir all die schönen Sachen in den Schaufenstern ansehen, von denen ich dir erzählt habe.«

Paul stieg aus und hob den kleinen Burschen auf den Beifahrersitz. Mit glänzenden Augen setzte sich sein großer Bruder neben ihn – und die drei machten sich auf zu einem Weihnachtsausflug, den keiner von ihnen jemals vergessen würde.

An diesem Heiligabend verstand Paul, was Jesus gemeint hatte, als er sagte: »Es ist seliger, zu geben als zu nehmen« (Apostelgeschichte 20,35).

Die Weihnachtsgeschichte nach Lukas

LUKAS 2,1–21

(EINHEITSÜBERSETZUNG 2016)

Die Geburt Jesu

¹ Es geschah aber in jenen Tagen, dass Kaiser Augustus den Befehl erließ, den ganzen Erdkreis in Steuerlisten einzutragen.

² Diese Aufzeichnung war die erste; damals war Quirinius Statthalter von Syrien.

³ Da ging jeder in seine Stadt, um sich eintragen zu lassen.

⁴ So zog auch Josef von der Stadt Nazaret in Galiläa hinauf nach Judäa in die Stadt Davids, die Betlehem heißt; denn er war aus dem Haus und Geschlecht Davids.

⁵ Er wollte sich eintragen lassen mit Maria, seiner Verlobten, die ein Kind erwartete.

⁶ Es geschah, als sie dort waren, da erfüllten sich die Tage, dass sie gebären sollte,

⁷ und sie gebar ihren Sohn, den Erstgeborenen. Sie wickelte ihn in Windeln und legte ihn in eine Krippe, weil in der Herberge kein Platz für sie war.

⁸ In dieser Gegend lagerten Hirten auf freiem Feld und hielten Nachtwache bei ihrer Herde.

⁹ Da trat ein Engel des Herrn zu ihnen und die Herrlichkeit des Herrn umstrahlte sie und sie fürchteten sich sehr.

¹⁰ Der Engel sagte zu ihnen: Fürchtet euch nicht, denn siehe, ich verkünde euch eine große Freude, die dem ganzen Volk zuteilwerden soll:

¹¹ Heute ist euch in der Stadt Davids der Retter geboren; er ist der Christus, der Herr.

¹² Und das soll euch als Zeichen dienen: Ihr werdet ein Kind finden, das, in Windeln gewickelt, in einer Krippe liegt.

¹³ Und plötzlich war bei dem Engel ein großes himmlisches Heer, das Gott lobte und sprach:

¹⁴ Ehre sei Gott in der Höhe und Friede auf Erden den Menschen seines Wohlgefallens.

¹⁵ Und es geschah, als die Engel von ihnen in den Himmel zurückgekehrt waren, sagten die Hirten zueinander: Lasst uns nach Betlehem gehen, um das Ereignis zu sehen, das uns der Herr kundgetan hat!

¹⁶ So eilten sie hin und fanden Maria und Josef und das Kind, das in der Krippe lag.

¹⁷ Als sie es sahen, erzählten sie von dem Wort, das ihnen über dieses Kind gesagt worden war.

¹⁸ Und alle, die es hörten, staunten über das, was ihnen von den Hirten erzählt wurde.

[19] Maria aber bewahrte alle diese Worte und erwog sie in ihrem Herzen.

[20] Die Hirten kehrten zurück, rühmten Gott und priesen ihn für alles, was sie gehört und gesehen hatten, so wie es ihnen gesagt worden war.

[21] Als acht Tage vorüber waren und das Kind beschnitten werden sollte, gab man ihm den Namen Jesus, den der Engel genannt hatte, bevor das Kind im Mutterleib empfangen war.

Copyrighthinweise

Der Verlag konnte trotz aufwändiger Recherchen nicht alle Rechteinhaber ausfindig machen. Begründete Ansprüche werden im üblichen Rahmen erfüllt. Wir danken den Rechteinhabern für die erhaltenen Abdruckgenehmigungen.

Banscherus, Jürgen: Der gestohlene Weihnachtsbaum
© Jürgen Banscherus, Witten

Binchy, Maeve: Ein frühreifes Kind (Orig.: A precocious child). Original aus: M. Binchy, My First Book. Dublin 1976 © Maeve Binchy (Christine Green, London). Aus dem Englischen von © Katrin Köhl

Böll, Heinrich: Monolog eines Kellners. Aus: Kölner Ausgabe Band 12, hg. von Robert C. Conard © 2008, Verlag Kiepenheuer & Witsch GmbH & Co. KG, Köln

Brecht, Bertolt: Das Paket des lieben Gottes - Eine Weihnachtsgeschichte, aus: Bertolt Brecht, Werke. Große kommentierte Berliner und Frankfurter Ausgabe, Band 19: Prosa 4. S. 276–279. © Bertolt-Brecht-Erben / Suhrkamp Verlag 1997.

Dückers, Tanja: Die Schneeschnitzeljagd © Tanja Dückers

Father Joe: Das Weihnachtsgeschenk © beim Autor,
Quelle: http://www-weihnachten.de

Kaschnitz, Marie-Luise: Was war das für ein Fest
© MLK-Erbengemeinschaft Berlin/München

Lärn-Sundvall, Viveca: Mein unsichtbares Weihnachten, Originalfassung in: Harriet Alfons/Margot Henrikson (Hrsg.): En jul när jag var liten. Rabén & Sjögren Bokförlag, Stockholm 1992

Masur, Karin: Der Anruf, aus: Ursula Richter: Weihnachtsgeschichten am Kamin, Band 18. Copyright
© 2003 Rowohlt Taschenbuch Verlag GmbH, Reinbek bei Hamburg (TB 23501)

Preußler, Otfried: Die Grulicher Weihnachtskrippe
© Dr. Susanne Preußler-Bitsch, Regen

Rambeck, Birgitta: C+M+B Sternsinger im bayerischen Alpenvorland, aus: »Stille Zeit, heilige Zeit?«, hrsg. von Brigitta Rambeck, Buchendorfer Verlag (jetzt © MünchenVerlag in der Chr. Belser Gesellschaft für Verlagsgeschäfte GmbH & Co. KG), 2001

Sprung, R.: Die Versuchung © Bibellesebund, Verlag, Marienheide

Vincken, Fritz (bearbeitet von Manfred Lang): Versöhnung ist möglich
© KBV Verlags- und Medien-GmbH, Hillesheim

Wöllenstein, Hellmut: Märchen vom Auszug aller Ausländer, Quelle: Helmut Wöllenstein, zuerst veröffentlicht als »Zuspruch am Morgen« am 20.12.1991 im Hessischen Rundfunk
© Helmut Wöllenstein, Marburg

Lukas 2,2–21 aus der Einheitsübersetzung der Heiligen Schrift:
© 2016 Katholische Bibelanstalt Stuttgart.
Alle Rechte vorbehalten